내 인생의 첫 기억

보통 사람들 지음
이루미 권세연 이고은 기획

청어 도서출판

내 인생의 첫 기억

보통 사람들 지음

발 행 처 · 도서출판 청어
발 행 인 · 이영철
영   업 · 이동호
홍   보 · 천성래
기   획 · 남기환
편   집 · 방세화
디 자 인 · 이수빈 ┃ 김영은
제작이사 · 공병한
인   쇄 · 두리터

등   록 · 1999년 5월 3일
(제321-3210000251001999000063호)

1판 1쇄 발행 · 2022년 11월 30일

주   소 · 서울특별시 서초구 남부순환로 364길 8-15 동일빌딩 2층
대표전화 · 02-586-0477
팩시밀리 · 0303-0942-0478

홈페이지 · www.chungeobook.com
E-mail · ppi20@hanmail.net
I S B N · 979-11-6855-082-7(03810)

내 인생의 첫 기억

이루미 권세연 이고은 장유진 이한나 조유나 박문진

김희정 송미영 윤소정 송나원 엄일현 양　선 백진경

김은진 홍주희 오은주 이애경 오제현 백지원 신주아

박주영 최순덕 윤정희 한보라 김주아 전애진 정연홍

박정녀 김민숙 강정순 이가희 우윤화 강경희 남채화

장정이 허채원 김선경 손금례 유유정 이은미 이수미

서현자 이영양 홍현정 지해인 김신영 장유화 오드리

서명희 전주연 이채영 엄해정 권정란 국성희

감사의 글
· · · · · · ·

이 책을 선택해서 책장을 넘기고 계신 독자님들. 응답하라 주부 공저 팀을 믿고 선택해 주시고 자신의 소중한 첫 기억을 공유해주신 55명의 작가님과 가족들 그리고 저희에게 생각과 말과 행위로 도움을 주신 모든 분. 이번 책의 주제를 제안해 주신 엄해정 대표님. 글쓰기 특강해 주신 이가희 박사님. 추천사 써주신 김형환 교수님. 출간해주신 이영철 대표님과 출판사 가족들. 기획코칭 이루미. 권세연. 이고은. 진심지지 장유진. 홍보 이한나. 조유나 진행 작가님들까지 모두 한 분 한 분의 귀한 애(愛)씀으로 소중한 책이 완성되었기에 가장 먼저 깊은 감사의 말씀을 전하며 우리들의 첫 기억을 공유해 본다.

작가 보통 사람들 드림

추천사

. . . .

20년 기업컨설팅을 해온 사람으로 개인의 성장에 관심을 두게 된 것은 정말 우연한 일이었다. 늘 새로운 길은 엉뚱한 길에서 시작되기도 하지 않는가? 동료 교수들이 가벼운 일, 유치한 일, 의미 없는 일이라고 한 그 길이 나의 인생 후반전을 만들어 줄지는 꿈에도 몰랐다.

처음에는 직장인, 전문직, 알바생(비정규직), 공무원 그리고 다양한 소상공인분들이 나를 찾아왔고 그들이 겪는 고민은 대부분 미래에 대한 불안감이었다. 그들은 마치 그들만이 가진 특별한 고민처럼 생각하고 있었다. 그런데 언젠가부터 새로운 업의 고객들이 나타나기 시작했다. 그들은 바로 '주부'였다. 집안일과 자녀양육 그리고 남편의 뒷바라지를 하는 그분들도 미래의 불안감을 해결하고자 1인기업의 문을 두드렸던 것이다. 지금 그들은 이 상황에서 누군가 해야 할 일을 하는 것뿐이지 처음부터 주부로 태어난 사람은 단 한 명도 없다. 가정의 공동체를 지키며 행복을 만드는 일, 서툴고 어린 자녀들의 멋진 양육을 설계하고 미래를 만드는 매우 의미 있는 일을 하는 사람들이다. 그런 그녀들이 함께 모여 각자의 인생의 부분들을 만들어 낸 첫 기억들을 응집한 한 권의 책을 완성했다.

55명의 주부가 순간순간 서로를 지지하고 의지하며 한 권의 책을 멋지게 완성한 것처럼 가정이라는 작은 기업의 중심에 있는 많은 주부가 이 책으로 하나가 되어 안정감 있게 연결되길 진심으로 바란다.

세상이 관심 두지 않았던 그녀들의 일상 속의 기억은 어쩌면 전부터 우리가 진정 관심 가져야 했던 부분이고 이 책은 그런 그녀들의 일상 중 우리가 가장 알아야 할 것이 담겨있다. 알고 이해해주는 마음들이 그녀들의 불안감도 해소해주고 스스로 자부심을 느끼게 해줄 것이기에 그녀들의 아름다운 이 도전을 1인기업 국민 멘토로서 지지하고 기대하며 응원하고 싶다.

스타트경영캠퍼스 1인기업 국민 멘토
김형환 교수

• • • • • • •

"내 인생의 첫 기억?
…첫 경험을 쓰는 건가요?"

응답하라 주부 공저팀이 이번 '내 인생의 첫 기억' 주제를 전달하며 8기 예비 작가님들께 위와 같은 질문들을 많이 받았다. 첫 기억은 대체로 사랑에 대한 것이란 생각들을 했다. 주부들이 그 주제로 쓰면 안 되겠지만 대박은 나겠다고 모두들 한바탕 웃었다. 그러나 어느 누구도 그 경험을 적진 않았지만 우리들 기억에 남는 건 그게 연인이든 가족이든 지인이든 가장 많은 관심을 쏟게 했던 것들이었다.

지금껏 살아 온 수많은 경험 속에서 처음으로 기억되는 것. 그 느낌. 그것들이 자신 인생에 미친 영향들을 생각해 보며 적어 보았다. 기억나는 것들을 적어보며 자신을 만들어 온 경험들을 만나게 되었다. 그리고 자신과 자신 인생의 전반적인 느낌들이 몇 가지 인상 깊은 기억들에 의해 반복되고 있다는 것도 알게 되며 자신을 더 깊이 있게 이해하게 되는 시간들이었다.

이 주제를 처음 제안해주신 엄해정 대표님도 자신 인생의 첫 기억으로 간직하고 있는 것이 한 사람 인생의 전반적인 영향을 준다며 참 중요한 주제라고 했다. 그 기억이 순간순간을 만들어 가고 있음을 알게 되었고 자신뿐아니라 소중한 이의 첫 기억도 알 수 있다면 서로를 이해하는 데 큰 도움이될 거라 생각되었다.

이 책은 많은 사람들 중 주부들의 첫 기억을 담아냈다. 가정의 중심이자 주 고객 주 독자층인 주부들의 첫 기억은 한 가정의 중요한 영향을 미치기에 우리 모두가 관심을 가져야 할 기억일 것이다. 결국 우린 그 안에서 나왔고 그 안의 중심기억을 알려는 노력이 우리의 시작을 알게 해주고 그 다음을 연결 지어 잘 나아갈 수 있게 할 것이기 때문이다.

많은 이들이 그녀들의 소중한 첫 기억을 접하며 이해로서 연결되면 티 안나는 일상에 흔들리기 쉬운 그녀들의 진심을 지켜줄 것이다. 더 나아가서는 가정. 나라. 세계의 중심을 잡아줄 것이라 믿는다. 우리를 세상에 내어 준 그녀들의 기억은 그토록 소중한 역할을 할 것이다. 이것이 우리가 이 책을 세상에 내어놓고 싶고 많은 이들이 보았으면 하는 이유이다.

이루미

프롤로그 2

● ● ● ● ● ● ●

"당신이 선택한 첫 기억은
무엇인가요?"

"내일도 날 포기하지 말고 말을 걸어줘요." 2004년 개봉한 드류 베리모어. 애덤 샌들러 주연의 '첫 키스만 50번째'라는 영화에서 여주인공 루시가 남주인공 헨리에게 전한 대사이다. 이 영화에서 루시는 교통사고를 당해 사고 직전까지의 기억은 그대로이지만, 그 이후 기억을 하지 못한다. 자고 일어나면 사고 당일의 기억으로 살아간다. 루시를 사랑하는 헨리는 그녀를 포기하지 않고 함께 한 시간을 영상으로 만들어 아침마다 선물하고, 힘들지만 매일 처음 사랑에 빠지는 달콤한 연인이 되어 그녀와의 사랑을 이어나간다. 루시는 잠들면 사라지는 기억이 두려워 고민하던 중 일기를 쓰기 시작했다. 타인이 이야기해주는 것에서 만족하지 않고, 스스로 기록하며 루시를 비롯한 소중한 사람들과의 관계에 진심을 다한다.

영화로 보기엔 낭만적이고 사랑스럽지만, 내 상황이라면 더 없이 두렵고, 상상조차 하기 힘든 일이다. '기억'할 수 있다는 것은 태어날 때부터 어떠한 노력 없이도 우리에게 당연한 일이었기에 특별한 일이 아니었다. 그러나 잠시 생각해보자. 우리가 아무것도 기억할 수 없다면? 하루하루가 새롭다면? 어제의 나와 오늘의 나를 어떤 방식으로 연결시켜 세상과 소통할 것인가? 루시처럼 기록을 남기는 방식을 선택하는데 큰 이견이 없을 것이다.

이 책은 누군가의 엄마, 딸, 며느리, 아내, 사회구성원으로 살아가지만, 정작 자신의 이름은 수시로 잊고 살아가는 주부들의 가슴 속에 자리 잡은 '첫 기억'을 기록했다. 개인심리학의 창시자 아들러는 기억 중에 초기 기억을 한 사람이 인생을 바라보는 방식을 알게 해주는 근원이라 말하며 큰 의미를 부여하였다. 초기 기억이 현재 그 사람 행동의 원인은 아니지만, 어떤 결과를 만들어낼지 힌트를 주기 때문에 중요하다는 것이다.

기억은 매일 의식적으로 생각하고 다니는 것이 아니라 무의식 속에 저장해두었던 경험이 어느 날 마주하는 상황에 맞춰 떠오르는 것이며 이러한 기억들이 은연중에 연결되어 현재의 내가 된 것이다. 그런데도 펼쳐진 상황에 타의로 겪었던 '초기 기억'이 아닌 그녀들이 직접 선택하고 기록했기에 더 소중한 '첫 기억'을 쓰고 나누는 것은 현재의 삶을 묵묵히 살아가는 55명의 주부가 조심스레 꺼내놓은 첫 기억을 통해 시원한 바람, 따뜻한 햇볕이 비추는 날, 창가에 앉아 독자들도 떠올리면 마음의 안식처가 되어주는 자신의 첫 기억으로 어떤 내용을 선택하고 싶은지 상상의 나래를 펼쳐 행복 여행을 떠나길 바라는 따뜻한 지지와 응원의 마음을 전한다.

권세연

목차

••••

에필로그

마음속을 뒤져 그녀와의 기억을 찾다

응답하라 3040주부 대표
이루미

◇◇

수많은 기억 속에 묻힌 그녀와의 기억을 찾고 싶었다. 나를 스쳐 가거나 내게 머물던 사람 중에 그녀만큼 나와 많은 시간을 함께한 사람이 또 있을까? 그녀는 하늘에 계시는 나의 엄마다. 엄마에 대한 기억이 시작되기 이전부터 그녀는 나와 모든 순간을 함께했다. 가족들을 통해 들은 그 장면들은 이러했다.

나를 가졌을 때 엄마는 몸이 약했고 집안 형편도 가장 어려웠을 때며 아이는 7남매나 있는 상태였다. 더군다나 바로 위 쌍둥이 오빠가 5살이었다는 것. 애 키워보니 참 아찔하셨겠다 싶다. 그 와중에 내가 태어나던 날 8살. 11살 언니들은 엄마가 혼자 나를 낳는 동안 아궁이에 불을 지피며 '어떤 애가 나올까?' 많이 궁금해하고 있었다. 엄마는 산파도 없이 혼자 나를 낳고 탯줄도 혼자 끊었다. 아빠는 미역국을 끓이며 엄마를 도왔다. 그렇게 태어나 자란 내 모습은 누가 봐도 참 예뻤고 사랑도 많이 받았다고 한다. 그 크고 작은 마음을 누구보다도 느끼게 해준 게 바로 엄마다. 없는 형편에 줄줄이 달린 아이를 키우려니 아빠의 처음 마음은 나를 엎어버리고 싶었단다. 또 너무 없이 키운 것이 미안했다고도 했다. 어린 시절 사진 속 내 머리가 왜 산발이었는지 알 수 있는 대목이다.

내 기억에 남는 첫 장면은 온 가족이 마당에 둘러앉아 놀던 때이다. 나는 모든 걸 느낄 수 있었다. 누군가에겐 별거 아닌 기억일 수도 있겠으나 내게 인상 깊게 자리 잡은 이유는 어린 시절 가정 형편상 흩어져 살던 우리가 한데 모여 노는 일이 자주 있는 일은 아니었기 때문이다. 그 장면엔 힘겨워하는 가족의 모습보다는 경쟁심 없이 서로를 아껴주고 예뻐해 주었던 마음이 담겨있다. 언니·오빠들은 내가 어려 놀이의 룰을 모르니까 뒤에서 알려주며 내가 승리의 경험을 느끼게 해주고 싶어 했고 그 덕분에 나는 놀이에 신나게 참여할 수 있었다. 그런 놀이뿐 아니라 부모님이든 언니·오빠든 이곳저곳 나를 데리고 놀러 다니는 걸 참 좋아했다.

그 기억의 중심엔 엄마가 있었다. 나와 함께 무언가를 하는 시간은 턱없이 부족했지만. 잠깐을 보더라도 날 대하는 눈빛. 그 태도나 말씀들이 늘 부드럽고 감싸 안는 느낌이 들었다. 지금 생각해도 그 환경에 어떻게 내게 그런 느낌을 줄 수 있었을까 싶다. 줄줄이 아이들을 키우고 집 지러 다니신 아빠 없이 바로 위 쌍둥이 오빠들까지 키워내느라 해탈을 하신 게 아닐까? 그리고 큰 언니·오빠들의 함께 돌봄이 마음을 조금 더 가볍게 하지 않았을까 싶다. 그러나 언니·오빠들의 돌봄 속에서도 내가 그런 느낌을 유지할 수 있었던 건 어떤 상황에서도 자식들의 출산 자리를 지켰던 아빠와 말 한마디의 힘을 아시고 실천하려 했던 엄마의 애(愛)씀 덕분이라 생각한다. 서로에게 줄 거 없는 힘겹고 버거운 삶이었기에 따스한 말 한마디라도 해주시려는 엄마의 마음이 내겐 모락모락 따스한 마음의 밥이 되어주었다.

그 마음 밥이 지금의 나와 내 환경을 만들었고 그것들을 지키게 하는 힘이 되어주었다.

必死則生, 必生則死(필사즉생 필생즉사)

『엄마인 당신에게 코치가 필요한 순간』 저자
권세연

<hr/>

'덜커덩, 덜커덩'

누군가 잠긴 문을 강제로 열려는 소리에 잠이 깼다. 시계를 보니 새벽 1시를 지나고 있었다. 손에는 이불을 잔뜩 움켜쥐고 덜컹거리는 문고리의 잠금장치가 잘 버텨주기를 숨죽여 기도했다. '터벅터벅' 걸어가는 발걸음 소리를 끝으로 더는 문고리는 흔들리지 않았다. 그렇게 두렵고 무서웠던 긴 밤을 꼬박 지새우고 사람이 있을 것 같은 장소 식당으로 내려갔다.

"나마스떼" 아침을 준비하던 게스트하우스 주인은 나를 발견하고 반갑게 인사했다. 내 편이 생겼다는 안도감에 나는 주인에게 어젯밤, 겪은 일을 흥분해서 이야기했다. 주인은 너무나 평온한 표정으로 아무래도 도둑이 든 것 같다며 대수롭지 않다는 반응을 보였다. 이런 곳에 내 목숨을 맡길 수 없다는 생각이 들어 아침을 대충 먹고 짐을 싸서 다른 숙소로 이동했다. 인도에 도착한 지 사흘이 안 된 시점이었다.

참 우스운 일이다. 내가 인도로 떠나온 건 그만 살고 싶다는 생각이 들었기 때문이었다. 그런 내가 목숨 부지를 위해 한 치의 망설임도 없이 인도에서 목적지를 정해두지 않은 채 나오다니. 가성비를 가장 중요시했던 나는 그 일 이후 안전에 중점을 두고 숙소를 정했다.

며칠 후 나는 내가 죽기 전 가보고 싶은 곳이라고 선택했던 여행지, 바라나시에 있는 갠지스강에 도착하였다. 갠지스강물은 시커먼 색에 가까운 짙은 녹색이었다. 이곳 사람들에게 파란색 물이 흐르는 강을 보여준다면 절대 강이라고 생각할 수 없을 만큼 내가 알고 있던 물과는 다른 색이다.

내가 인도에 온 이유는 단 하나였다. 바로. 여기. 갠지스강에 발을 담가보는 것. 그런데 그 물에 내 발을 담갔다가는 왠지 손쓸 틈도 없이 순식간에 썩어버릴 것만 같은 느낌. 결국 도착한 첫날은 눈에 담아보는 것으로 만족해야 했다.

다음 날. 나는 용기 내 검지 한마디를 갠지스강에 스치듯 만져보았다. 다행히 내 손가락에는 아무 일도 일어나지 않았다. 그제야 나는 오른손. 왼손을 번갈아 정성껏 씻고, 한발. 한발을 조심스레 담그고 주변 풍경을 살펴보기 시작했다.

저 멀리 연기가 온종일 쉬지 않고 퍼져 나오는 곳이 보였다. 그곳은 화장터라고 하였다. 인도인. 특히 힌두교도들은 갠지스강을 어머니와 같은 존재로 느껴지기 때문에 이곳에 화장되는 것을 영광으로 여긴다. 덕분에 여기는 불이 꺼지지 않는 곳이다.

죽음을 끊임없이 생각했던 20대 초반. 막상 죽음 가까운 곳에 다다르자 손가락 하나 다칠세라 전전긍긍하는 내가 보인다. 한쪽에서는 시체가 타고 있고. 또 다른 쪽에서는 그 물을 신성시하며 목욕한다. 같은 장소에서 각자의 생각과 방식에 맞게 상황을 마주하는 사람들을 보며 지금껏 내가 힘들다고 여기며 살아온 세상이 어쩌면 무척 재미있고 신기한 곳일 수도 있겠다는 생각이 들었다.

나는 그만 살고 싶다는 생각 하나로 첫 배낭여행을 무작정 떠날 수 있었다. 그러나 아이러니하게도 그곳에서 얻어온 용기로 17년이 지난 오늘도 힘차게 살아가고 있다.

쓰디쓴 사회생활과 독서의 연결고리

평생 글 쓰는 삶을 살고 싶은
이고은

◇◇

　　신발을 신고 집을 나와 지하철로 향하는 출근길이다. 마음도 발걸음도 무겁다. 무사히 하루를 보낼 수 있을까? 스스로 물어보지만, 자신이 없다. 근무 시간은 8시간, 점심시간 1시간까지 포함하면 총 9시간이다. 어느새 사무실 앞이다. 지문을 찍고 문을 연다. 시커멓고 뿌연 속마음을 감추고 기분 좋은 척 앉아 있는 직원들에게 인사를 하며 자리로 간다.

　　텅 빈 책상이 나를 맞이한다. 책상 위에는 컴퓨터와 전화기, 그리고 각종 서류와 사무용품이 있었다. 그러나 며칠 전부터 업무를 하지 않고 있다. 하던 업무는 모두 중단되었다. 그나마 자리를 지키고 있던 컴퓨터와 전화기마저 사라진 것이다. '그래. 전화 안 받으면 좋지. 일도 안 하는데 컴퓨터는 무슨 소용이야.' 생각하면서도 치솟는 울분을 막을 수는 없었다.

　　아무에게 들키지 않으려 화장실로 갔다. 가는 도중에 눈물이 뺨으로 쏟아져 내렸다. 울음소리가 새어 나갈까 숨죽여 울었다. 나는 잘못 없으니 울지 않아도 된다고 스스로 다독였다. 그렇게 한참을 울고 나왔는데 여직원들이 기다리고 있었다. 그 누구도 괜찮냐고 물어보지 못하고 그저 토닥여주고 힘내라고 이야기해줄 뿐이었다.

사장과 연인관계였던 어린 여직원과 나는 같은 동네에 살고 있었다. 우연히 동네에서 만나 한마디 던진 것이 이런 파장으로 이어졌다. 내 눈에는 나이도 어리고 능력도 되는 아이가 불륜녀가 되는 것이 아까웠다. 그래서 진심을 담아 말을 전했다. 돌아오길 바라는 마음으로. 그러나 돌아온 것은 사장의 호출이었다. 퇴사를 권하는 듯한 말을 장황하게 돌리고 돌려서 이야기했다. 그리고 내가 담당하고 있던 모든 업무는 다른 담당자로 재배정되었다.

전무님의 호출이 왔다. 사장이 퇴사를 권한다고 했고 나는 권고사직을 해주면 나가겠다는 뜻을 전했다. 다음 날 컴퓨터가 사라졌다. 소식은 들은 친구들이 한걸음에 회사 앞으로 달려와 위로해주었다. 나는 잘못한 게 없었기에 당당해지려 애썼다. 절대 퇴사하지 않겠다고 다짐했다.

다음날부터는 책을 들고 출근했다. 빈 책상 위에서 내가 할 수 있는 건 독서였다. 책을 읽으니 시간이 잘 갔다. 바쁜 직원들과 달리 나는 여유로웠다. 마음을 굳히고 편하게 생각하니 이것도 할만했다. 커피 한 잔 사 들고 자리에 앉아서 책을 읽으며 하루를 보내는 나는 사무실을 도서관이라고 생각하며 출근했다. 더는 울지도 않았다.

또다시 전무님의 호출이 왔다. 이번에는 무엇을 빼앗을까? 생각했는데. 의외로 업무 복귀를 지시했다. 전무님은 사장의 사과를 대신 전하며 그동안 고생 많았다고 했다. 지금 당장 자리를 옮겨서 그동안 밀린 업무 먼저 빨리 해달라고 했다. 직원들은 나의 승리를 자기 일처럼 축하해주었다. 이제 됐다고. 이제 끝났다고.

업무에 복귀해 밀렸던 일을 정리했다. 결재 서류들과 함께 맨 아래 사직서를 첨부했다. 개인 사유라 적었다. 미련도 후회도 없었다. 회사를 나오며 사장님께 편지를 썼다.

독서의 기쁨을 알게 해줘서 감사합니다.
앞으로 어떤 일도 잘 이겨낼 힘을 주셔서 감사합니다. 라고.

아름다운 고통의 추억

뼛속까지 엄마
장유진

◇◇◇

몇몇 대화가 오갔지만 기억나는 건, '응급상황', '수술'이란 단어뿐이었다. 어느새 나는 수술대 위에 누워있었고, 두려움 속에 오한을 느끼며 서서히 의식을 잃어갔다. 세상에는 내가 마음먹은 대로 되지 않는 일들이 참 많다. 특히나 엄마가 되어가는 과정은 내 의지와는 무관한 일들의 연속이었다. 임신 중에 우여곡절을 겪으면서도 오로지 아기의 건강과 순산을 목표로 최선을 다했다. 수도 없이 생각했다. 해산의 고통을 이겨낸 엄마와 온 힘을 다해 세상에 나온 아기가 처음 만나는 장면을. 생각만으로도 감격 그 자체였다. 이제 나와 나의 아기가 그 주인공이 될 차례인데. 꿈에서 깬 듯 거기서 멈췄다.

출산 예정일이 좀 남았는데 역아인데다 양수가 터지자, 상황은 전혀 생각지 못한 방향으로 흘러갔다. 자연분만하기 위해 무척 애써왔는데 제왕절개라니. 모든 일이 순식간에 진행되어 허무함을 느낄 겨를도 없었다. 아기와의 첫 만남은 마취가 깬 후에야 이루어졌다. 그토록 상상했던 장면은 아니었지만. 서로 건강하게 만났으니 그저 감사했다. 아기는 아주 작았으며 따뜻하고 예뻤다. 눈물이 흘러내렸다. 준비되지 않은 채 세상에 나와 얼마나 무서웠을까. 두려움에 떨며 울었을 아기를 바로 품어주지 못해서 너무나 미안했다. 아기가 입술을 달싹이며 본능적으로 엄마 젖을 찾았다. 비로소 내가 할 일이 떠올랐다.

자연분만은 어그러졌지만 모유 수유만큼은 절대 포기할 수 없었다. 모자 동실을 신청해서 아기와 내내 같이 지내며 수시로 젖을 물렸다. 하지만 또 다시 난관에 부딪혔다. 젖이 잘 돌지 않았고, 아기는 젖병을 거부했다. 젖 마사지를 받을 때는 너무 아파서 딱 죽을 것만 같았다. 진통을 경험하지 못했기에 내 인생에 처음 느끼는 극심한 고통이었다. 미처 생각지 못한 반전이 시작되었다. 엄마가 되는 길은 멀고도 험난했다.

아기가 젖을 힘껏 빨기 시작하자 유두는 갈라져 피가 나고 정신이 혼미해질 정도의 통증이 찾아왔다. 젖을 물리기 직전에는 공포감마저 들었다. 수유하는 동안 고통을 분산시키려고 입술을 꽉 깨물었다. 엄마가 아니었다면 참지 못했을 고통의 순간을, 엄마이기에 견딜 수 있었다. 부족한 젖량을 늘리기 위해 유축기로 젖을 짤 때도, 유선염에 걸려 고열에 시달릴 때도, 처음 느껴보는 고통 앞에 '엄마'라는 이름은 초인적인 힘을 발휘했다. 아기가 가장 행복한 순간에 나는 가장 큰 고통을 느끼는 아이러니한 상황이었지만, 엄마여서 감사했다.

얼마간의 시간이 흐르자 상처는 아물었고 온몸이 오싹해지는 아픔도 사라졌다. 아기와의 첫 만남은 요란하게 신고식을 치른 후 안정을 찾았다. 지금 와서 생각해보니 생명을 나눠 주는 아름다운 고통이었다. 인생에서 만난 수많은 경험 중에서 오랜 시간이 지나도 생생하게 남는 첫 기억은, 대부분 엄마가 된 후 아이들과 함께한 시간 속에 있다. 때로는 기쁘고 때로는 아프면서 내 인생의 첫 기억들은 이 순간에도 차곡차곡 쌓여간다.

내일로 타고 세계로

세상을 모험하기 좋아하는 젊은 엄마
이한나

◇◇

나는 학창 시절 세계 일주가 꿈이었던 당찬 소녀였다. 수능이 끝나고 일본을 첫 번째 해외 여행지로 삼고 열심히 아르바이트했지만, 넉넉하지 못한 형편으로 등록금과 생활비 걱정에 마음을 접어야만 했다. 1학년을 마치고 휴학 후 회사에 다녔는데 생각지 못한 여름휴가가 5일이나 생기게 되니 너무나 흥분되어 떨리고 신났다.

당시 만 18~24세의 청소년들이 7일간 KTX를 제외한 기차를 자유석으로 이용할 수 있는 패스권인 '내일로'를 알게 된 즈음이었다. 일본 여행을 접고 난 후 여행에 대한 갈증이 크게 있었던데다 경제활동을 하고 있던 나는 황금 같은 기회를 놓칠 수 없었다. 당장 기차역으로 가서 '내일로' 표를 끊었고, 2007년 7월 마지막 주. 휴가를 떠나는 사람들 틈에 작은 배낭 하나 메고 여행을 떠났다.

첫 번째는 경상도 부산에서 수소문 끝에 연락이 닿은 초등학교 3학년 때 담임 선생님을 10년 만에 만났다. 내가 자란 대전보다 훨씬 크고 복잡한 부산역과 서면의 모습에 감탄했다. 선생님께서 동료분들과 만나는 점심 약속 자리에 초대해 주셔서 맛있는 뷔페를 먹은 후 선생님 댁으로 갔다. 짧은 시간이지만 도란도란 얘기를 나누며 따뜻함을 듬뿍 받았다.

그날 오후에는 해양대생인 친구를 만나 뜨거운 영도의 방파제를 걸으며 섬의 낭만을 느끼고, 해운대까지 갔다가 다시 영도로 돌아가 찜질방에서 하룻밤을 보내며 곯아떨어진 게 떠오른다.

두 번째는 전남 여수로 갔다. 부산에서 여수는 기차가 많이 운행하지 않는다는 사실을 여행을 계획하며 알게 되었다. 내륙에서만 살아 온 나한테는 그저 같은 남쪽 바닷가였지만 완전히 다른 느낌이었다. 여수에 가던 날 갑작스럽게 여수에 사는 대학교 동기에게 연락해 만나게 되었다.

그녀의 어머니는 어린 여자애가 혼자 찜질방에서 잔다고 하니 극구 말리며 집으로 오라고 하셨고, 먼 길 왔다며 맛있는 거 사 먹으라고 용돈까지 챙겨준 그녀의 오빠는 아직도 잊히지 않는다. 다음 날 아침에서야 내일로 탑승 시 필요한 주민등록증을 잃어버린 사실을 알게 되어 당황하기도 했지만, 무사히 해결되어 가슴을 쓸어내리기도 했다.

세 번째는 충청도 예산의 대학 동기네 집이었다. 조부모님이 안 계신 나는 시골집에 가볼 일이 없었기에 모든 게 신기했다. 복잡하고 빠르게 움직이는 대전역과 달리 아기자기한 예산역으로 친구가 마중 나왔고, 버스 시간표에 맞춰 작은 빵집에서 동생들을 위한 간식을 왕창 사서 동기네 집으로 갔다.

시골의 한적함과 여유로움은 색다른 경험이 되었다. 삼대가 함께 살고 있고 동생이 셋이나 있는 동기를 보니 기숙사에서의 여리여리하지만 의젓한 모습이 이해되었고 많이 배우게 되었다.

그 후 서울과 수원에 들렀고 꿈같던 휴가는 끝나버렸다. 불볕더위가 한창이던 7월 마지막 주에 매일 2~5시간 이상 대부분을 입석이나 객실 연결 칸의 바닥에 뜨거운 열기와 함께 앉아 있었다. 끼니를 대충 해결해 가며 환승하고 배낭을 메고 걷는 일은 매우 지칠법한 일이었다.

하지만 기차에서 다양한 사람들의 모습을 보며 자연스럽게 조금씩 성장할 수 있었고, 만났던 지인들과 가족들의 배려는 나를 더 따뜻하게 만들어 주었다. 그때 그 기억들은 여전히 세계 일주를 꿈꾸게 하고 몸과 마음이 지칠 때 위로해주어 힘내서 살아가게 한다. 우리 아이들도 기회가 오면 놓치지 말고 다양한 경험을 쌓으며 세상을 탐험하기를 바란다.

내 인생의 첫 개척 영업 도전기

한국개척영업컨설팅연구소 대표
조유나

◇◇◇

2010년 중국 하이난에서 10년 통역가이드 생활을 접고 한국으로 떠났다. 서울에서 강서구 등촌동에서 살다가 우연히 충남 당진에 낚시하러 온 남편을 만나 결혼까지 하게 되었다.

결혼 후 임신 3개월 차에 집도 없고 남편 월급으로 생활하자니 갑갑한 마음에 제 발로 보험회사에 찾아갔다. 그때 광고에는 시험 합격하면 50만 원 준다는 광고가 실려 있었다. 생활비도 보태고 태아보험도 알아봐야 해서 걸어서 매일 출근하기 시작했다.

부동산에 가서 명함 주고 전단지를 꺼내기가 그리 힘들 줄이야. 식은땀이 난다. 모든 사람이 쳐다보는 것 같고 어색하게 난 무슨 말을 한 줄 몰라 그 자리를 떠나고 싶었다. 이게 첫 개척 경험이다. 따라가서 그냥 명함만 주고 전단지 주고 도망쳐 나왔다. 이렇게 개척 활동을 계속해야 하나 싶었다. 하지만 지인도 없고 다른 방법이 없어 팀장님이 시키는 대로 또 해보았다.

보험 필요한 곳이 어딜까 생각하다가 팀장님이랑 같이 병원 개척을 나갔다. 그때 나는 임신 6개월 차라 배도 많이 나오고 임산부가 전단지 들고 병원 개척을 나서니 환자들 보는 눈이 느껴졌다. 쳐다보는 눈길을 무시하고 집에 오는데 눈물이 저절로 흘러 내려왔다. 다른 설계사들은 남편이 자동차 보험도 소개 많이 해주는데 하면서 점점 더 기운 빠지는 생각만 들었다. 그렇게 한참 울고 나서 남편을 봤는데 워낙 내성적이라 그런 남편한테 바라는 것도 무리다.

남 탓하는 버릇을 고쳐야겠다. 셀프로 긴 머리를 단발로 잘라보았다. 셀프 컷 어찌 됐든 혼자 자른 거라 남 탓을 하지 못한다. 이제부터 시작이다. 모든 것을 나한테서 찾아보고 긍정적으로 생각하기로 했다. 결심했다. 단점이 무엇인지 장점으로 바꿔 생각하기로 했다.

차가 없다- 다른 분들이 주차하기 힘든 곳을 찾아다니며 시장. 원룸 단지 개척하기로 했다!
아는 사람이 없다- 지금부터 한 분 한 분 필요한 것 없는지 체크하면서 개척해서 만나면 된다!
지인이 없다- 지인이 오히려 상처를 많이 준다. 낯선 사람한테 나를 알리는 일을 하자!

환자들 상대로 보상 청구도 빠뜨림 없이 해주고 전문성을 높여갔다. 꾸준히 한 달. 두 달 하다 보니 점점 성과가 나오는 게 보였다. 화재보험 1만 원짜리부터 그다음 운전자 보험이 계약되고 이어서 소개도 받을 자신도 있게끔 나를 점점 훈련해나갔다. 처음이 어렵지 하다 보면 느는구나. 나름 요령도 생기고 즐겁게 해야겠다는 생각도 들어서 멘탈 조절도 해가면서 했다.

같은 길을 1년. 3년. 5년. 지금은 10년째 다니다 보니 나름 걸어서다는 개척 여왕이 되었다. 같은 회사 아니더라도 열심히 하는 설계사가 있다고 소문날 정도로 한 우물만 팠다. 노력의 성과라고 할까 지금은 보험회사 10년 차 되는데 집도 사고 소득도 점점 올라가고 연도 대상 동상에서 금상까지 타게 되었다. 그때 포기했으면 나는 어떤 생활을 하고 있을까.

현재는 한국개척영업컨설팅연구소 대표를 맡고 개척 영업을 힘들어하는 영업인들에게 도움을 준다. 개척이 삶이다. 개척이 주는 행복한 인생. 당신도 할 수 있습니다.

받을 수 없는 선물 처음이자 마지막 선물

박문진

비몽사몽 눈을 떠보니 병원 한쪽 침대에 누워있는 나를 느낀다. 온몸이 너무 아팠다. 항암치료 받았던 기억이 스치면서 극한의 고통이 엄습했다. 정신을 차리려고 온갖 힘을 내어 본다. 나의 왼팔에 쭈글쭈글 너무 작고 못난 인형 하나가 있었다. 찰칵하는 순간적 3일 전 기억이 스쳤다. 임신 8개월. 강단에서 강의하다가 양수가 터져 119 응급차로 이동으로 하는 동안 자연분만하겠다고 고통 속에 몸부림쳤다. 그 후 기억이 없다.

일 년 전 위암 선고를 받고 12번의 항암치료가 끝나서 새 삶을 시작했다. 그러나 어린 나이에 외국 생활로 받은 고통이 너무 컸다. 6번의 자살 시도로 인해 뜻하지 않은 불임의 결과를 낳았고 젊은 나이에 힘들게 받아들여야만 했다. 그런데 임신이 되었다. 항암제로 몸 전체가 망가져 있고 재발의 위험까지 있는 상황에 임신은 사형선고였다. 항암치료 끝난 지 1년도 지나지 않고 임신이 된다는 것. 의학계에서도 설명하지 못하는 상황이었다. 항암치료 후 임신은 되지 않는 것이 의학계 자료다.

임신이 되었지만. 당연히 아이는 낳을 수 없는 상황이었다. 둘 다 생명이 위험했기 때문이다. 담당 의사뿐만 아니라 모든 주위 분들은 나를 걱정하며 아이를 포기하라고 했다. 그러나. 나는 그럴 수 없었다. 불임이라는 단어를

내 인생의 첫 기억   31

알고 살았다가 아이가 생겼다는 말에 큰 선물을 받아도 될까 싶을 정도로 기쁘기도 하고 걱정도 되고 환희와 걱정이 절묘하게 뒤엉키는 최고의 감정 상태. 마치 절대적 기쁨이랄까! 절대 포기할 생각은 없었다. 나는 내가 죽는 한이 있어도 낳겠다고 절규하듯 말했고 그 누구도 반박하지 못했다.

아이 아빠는 부도로 제4금융권의 협박과 위협으로 우리 곁을 떠났다. 모든 힘든 상황까지 철저하게 혼자 견뎌내면서 복덩이를 낳았다. 모든 것이 정상이었다. 손도 발도 다 정상이었다. 하나님과 부처님이 있다면 너무나 감사하다고 엉엉 소리 내 울면서 단 하루도 감사함을 잊어본 적이 없다. 나의 복덩이(태명)를 결국 선물 받았다. 지금 나는 엄마라는 이름으로 초등학생이 된 복덩이가 지병으로 고생하는 나의 병시중을 다 들어주고 있다. 지금 재활 치료를 하루 4시간씩 땀에 젖어가며 해내고 있다. 귀한 복덩이를 선물로 받은 감사한 마음으로 끝까지 최선을 다해 병과 싸우며 지낼 것이다. 휠체어에 앉아 지낼 수가 없는 나는 엄마니까.

건강하게 해내는 것이 하늘에게 보답하는 것임을 알기 때문이기도 하다. 받을 수 없는 선물을 받았고, 나에게 처음이자 마지막 선물에 사랑한다고 말해주고 싶다. 설령 조금 먼저 하늘에 빛이 된다고 해도 나의 사랑은 나의 빛이 되어 그 어느 별 어느 하늘에서라도 다시 만날 것이다.

그리움은 ing 진행형

아름다운 동행 상담센터 소장
김희정

◇◇◇

나는 여섯 살 무렵이었던 어린 시절 오빠와 함께 부모의 곁을 떠나 할머니와 광주광역시 지원동이라는 곳에서 살았다.

그곳에서 만 4년을 살았고 국민학교(그 당시 초등학교의 명칭) 3학년 반 배정까지 받은 상태에서 부모님이 계시는 시골로 전학을 가게 되었다. 2학년 겨울 방학을 보내던 중에 가게 된 전학이었기에 친구들에게 안녕을 고하지도 못한 채 준비 없이 맞이하게 된 내 생애 첫 번째 긴 이별이었다.

나는 광주광역시 모 국민학교에 1학년 1반으로 입학을 하였다. 다른 친구들은 부모 밑에서 입학을 맞이하고 다니던 학교생활이었지만, 나는 할머니 손에서 학교에 다니게 되었다.

내가 처음으로 학교생활을 시작한 첫 담임 선생님은 아버지 연배의 남자 선생님이셨다. 마른 체형에 키가 크셨고 대머리에 항상 베레모를 착용하고 다니셨다.

숫기가 없고 말이 없던 나는 그저 누가 무엇이라 말하면 웃기만 한 아이였다. 나를 기억하는 친구들 역시 나에 대한 이미지를 떠올릴 때면, "늘 웃으며 말이 없고, 듣기만 하는 친구"로 그들에게 기억되고 있었다.

복도 청소를 하는 어느 날이었다. 복도는 나무로 된 바닥재였으며, 우리는 초를 칠하고 걸레로 닦으며 신나게 미는 데 열중하였다. 복도 끝에서부터 끝까지 두 팔로 걸레를 밀며 닦았다. 고개를 숙이고 열심히 복도를 닦아 내려가다가 어느 순간 고개를 들게 되었다. 그리고 마주한 것은 담임 선생님과 아버지가 나를 보시며 이야기를 하고 계신 장면이었다. 나는 쑥스러운 나머지 아버지에게 인사도 하지 못하고 그저 웃기만 하고 있었다.

아버지가 시골에서 언제 올라오셨는지? 언제부터 나를 보고 계셨는지? 그 어느 것 하나 아는 것이 없었다. 내가 아는 것은 아버지와 담임 선생님께서 청소하는 나를 물끄러미 바라보시면서 이야기를 나누고 계셨다는 것이었다. 그리고 두 분과 눈이 마주친 나는 그저 웃고만 있었다는 것이다.

그래서인지 나의 마음 한편에는 늘 뭉게구름처럼 그리움 하나가 자리 잡고 있다.

바로 국민학교에서 보냈던 코흘리개 학생으로서의 그리움과 운동장을 함께 뛰어놀았던 친구들을 향한 그리움. 아버지가 청소하는 나를 지극히 바라보시며 미소 지으셨던 것처럼 친구들을 향한 그리움을 가슴 한편에 담아 마주하고 있다.

말없이 떠나 온 운동장. 안녕을 고하지 못한 채 떠나버린 그곳에 남겨진 나의 친구들….

내 노래에 날개를 달던 날

사랑합니다 감사합니다
송미영

◇◇◇◇◇◇◇◇◇◇◇◇◇◇◇◇◇◇◇◇◇◇◇◇◇◇◇◇◇◇◇◇◇◇◇◇◇◇

　초등학교 3학년이 되어서 처음 유치원 교실에 들어갔다. 유치원은 지금도 그렇지만 언제나 크레용 냄새가 배어 있어서 좋다. 유치원에 간 건 그때가 처음은 아니었다. 두 살 위의 언니가 유치원에 입학하던 날, 어린 나도 엄마 손에 이끌려 구경을 갔었다. 그때는 '나도 이담에 저런 멋진 장난감 집에 들어가서 재밌게 놀겠구나.' 하는 부러움과 희망이 있었다. 그러나 끝내 나는 유치원에 다니지 못했다.

　이미 초등학생이 되어버린 나에게는 약간 낮아 보이기까지 하는 작은 탁자와 의자들, 마룻바닥에 붙여진 발자국 모양의 스티커, 각종 그림과 모빌들이 내가 누릴 수 없었던 아쉬운 시간의 흔적들처럼 펼쳐져 있었다. 크레용 향내가 가득한 유치원 교실에서 나는 박화목 선생님의 유치원 노래를 불러보았다. "꽃밭에는 꽃들이 모여 있고요, 우리들은 유치원에 모여 살아요."

　내가 너무 일찍 왔나? 하고 생각할 때쯤, 나와 비슷한 또래로 보이는 아이들이 하나둘씩 교실 안으로 들어오기 시작했다. 꾹 다문 아이들의 입술은 긴장 탓인지 나이에 어울리지 않게 지나치게 야무지게 보였다. 오늘은 CBS 어린이 합창단원 오디션을 보는 날이다. 매일같이 유치원~ 유치원! 하면서, 언니와 남동생이 다녔던 유치원을 나만 못 다녔다고 투덜대던 나에게 그날 엄마가 내 귀에 대고 속삭이셨다. '앞으로는 유치원 못 다녔다는 말을 하지 말라고. 그 대신 어린이 합창단에 보내주는 거라고. 오늘 붙기만 하라고.' 나는 너무 좋았다. 무조건 좋았다. 노래도 좋고 유치원도 좋고, 어디라도 나를 펼칠 수만 있다면….

내 노래에 첫 날개를 다는 날인가. 드디어 양 날개를 치며 '푸드덕 푸드덕' 둘째의 서러움에서 탈출하는 날인가. "나의 살던 고향은~ 나의 살던 고향은~ 나의 살던 고향은~" 그 유치원이 있는 교회의 목사이자 지휘자이신 선생님은 피아노를 치시면서 나에게 '고향의 봄' 노래를 부르게 하셨는데. 끝까지 한 곡을 다 부르게 하는 게 아니라 첫 소절만 한 음계씩 올려서 부르게 하셨다. 어디까지 올라가는지 보려는 듯했다. 나는 음계가 하나씩 올라갈 때마다 가슴이 터지는 줄 알았다. 다른 아이들의 입술에 붙어있던 야무진 각오들이 절실한 내 입술로 옮겨붙었다. 온몸이 덜덜 떨리고 눈앞이 하얘졌다.

오디션을 마치고 나서 합격한 아이들의 이름이 호명되었고 나도 그 무리에 섞여 미니버스를 타고 방송국 견학을 갔다. 덜덜덜~ 꿈인지 생시인지! 떨리는 마음으로 방송국 견학을 마친 후에. 앞으로 합창 연습은 아까 오디션을 보았던 그 유치원에서 할 거라는 지휘자 선생님의 안내를 받았다. '아. 내가 드디어 유치원에 다니게 되는구나.' 그날부터 나는 꿈에도 그리던 유치원에 다니게 된 셈이었다.

"사랑해"라는 말이 처음으로 와닿았던 날

이야기를 나누는 낭만 작가
윤소정

◇◇◇

"왜 태어났니?"라는 질문에 가장 명쾌한 대답은 "사랑받기 위해"라고 믿는다. 그 정답을 손에 들고도 이게 왜 답인지 고개를 갸우뚱거리던 어린아이는 늘 '아무도 날 사랑하는 것 같지 않아'라고 생각했다. 아동학대나 불우한 가정에서 자라난 게 아닌데도 불구하고 유독 외로웠고 늘 손발이 찬 사람처럼 마음 끄트머리가 시렸다. 부모님의 사랑이 채워지지 않았던 건 마음의 그릇 입구가 작았거나 내가 모르는 구멍이 나 있거나 둘 중 하나였을 것이다.

맏이도 막내도 아닌 둘째라는 서열은 이도 저도 아닌 느낌을 줬다. 언니와 싸우면 동생이 대든다고 혼났고, 동생과 싸우면 언니가 돼서 이해심이 부족하다고 야단을 맞았다. 나는 하나인데 어떨 땐 동생다워야 했고 가끔은 언니다워야 했다. 언제부턴가 '나답기만 해서는 사랑받을 수 없다고 느꼈다. 누군가를 흉내 내서 받은 칭찬들과 고백은 내 것이 아닌 것 같았다. 게다가 진짜 나는 사랑받을 수 없는 존재인지도 모르겠다는 의심이 나를 채워갔다. 추운 겨울날 꽁꽁 언 손을 비벼서라도 따뜻하게 만들려고 하듯이 단단히 언 마음을 녹이기 위해 밖으로, 또 밖으로 돌았다.

열일곱 겨울방학을 앞두고 그동안 아르바이트를 하며 모아둔 현금과 통장을 들고 집을 나섰다. 다시는 돌아오지 않을 작정이었다. 커튼 아래로 발가락이 보이는 것도 모르고 꼭꼭 숨었다고 믿는 어린아이처럼 부모의 시야에서 벗어났다고 확신했다. 하지만 예상과 달리 불과 일주일 만에 두 분의 인맥과 초인적인 노력으로 금방 있는 곳이 들통났다. 혹여라도 더 멀리 도망갈까 봐 아르바이트했던 곳의 매니저에게 부탁해 나를 불러내셨고 매장 어딘가에 숨어 있다가 나타나셨다.

그때 먼발치에서 다가오던 엄마의 모습이 사진처럼 박혀 잊히지 않는다. 파르르 떨리는 손과 다리로 저 멀리서 어적어적 걸어오던 엄마는 며칠째 잠도 못 잔 듯 눈이 퀭했다. 가까이 다가올수록 눈 속 가득 머금은 눈물에 마음이 잠겨버렸다. 며칠째 숨을 쉬지 못했던 사람처럼 내 손을 잡고 비로소 긴 숨을 내쉬며 온몸으로 말했다. "네가 없으면 엄마는 살 수가 없어. 사랑해. 사랑해"라고. 그 한 장면. 그 한순간이 우습게도 지금까지 내 효(孝)의 밑천이 되고 있다.

"소정아. 바쁘니? 엄마 선풍기 하나 사야 할 것 같은데 주문 좀 해줄래?"
모바일로 쇼핑을 하는 게 여전히 낯선 엄마는 내게 필요한 게 있을 때마다 전화를 거신다. 가끔 내 일상이 바빠 귀찮은 마음이 들 때도 있지만 최대한 눈치채지 못하도록 서둘러 구매를 돕곤 한다. 단 한 순간 구멍 난 그릇이 물속에 던져져 가득 채워졌던 것처럼. 단 한 번의 짜증과 날카로운 말이 마음을 와장창 깨지게 할 수도 있다는 것을 알기 때문이다. 매일 비슷해 보이는 시간이지만 그중 어떤 순간이 내가 사랑하는 사람을 살리기도 하고 죽이기도 할지 우리는 모른다. 그러니 더 바지런히 더 조심스레 서로를 향해 온몸으로 사랑한다고 말해야만 한다. 나와 당신. 우리 모두는 사랑받기 위해 태어난 존재들이니까.

처음으로 물 밖에서 숨 쉬게 된 아이

글쟁이가 되고 싶은 직장맘
송나원

◇◇◇

오늘도 초등학교 교실 안의 아이들이 시끌벅적하다. 유난히 눈에 띄지 않았던 고요한 나는 딱히 하는 일 없이 책상에 앉아있었다. 친구와 수다를 떠는 것도 아닌 지루한 이 쉬는 시간이 어서 끝나기를 기다리는 것이 전부인 것 같은.

그날은 7일이었다. 내 번호의 끝자리와 같은 날. 일자와 같은 번호를 가진 아이들은 언제든 이름 대신 번호가 불리며 그날 풀어야 할 문제와 발표할 것들에 대해 무방비로 노출이 되는 날이었다. 나는 7이 행운의 숫자라고 떠든 사람에게 따지고 싶었다. 공기 중에 부유하는, 먼지와 같은 나는 살아있었으나 살아있지 않은 듯했고 항상 그 자리에 있었으나 있지 않은 듯했다.

수학 시간, 차례로 나눗셈 문제를 풀어야 했다. 7번, 17번, 27번… 그리고 37번인 나는 어김없이 이름 대신 번호가 불렸다. 한참을 칠판 앞에서 분필을 잡고 길을 잃은 양처럼 어느 곳에 적을 두어야 할지 헤매고 있었다. 친구들은 문제를 쓱쓱 풀더니 하나둘씩 자리로 돌아가 앉았다. 나는 썼다 지우기를 수십 차례 반복하며 방망이질하는 심장을 겨우 부여잡고 달아오르는 얼굴을 들키지 않으려 애썼다. 그러면 그럴수록 눈앞에 있는 숫자는 더는 숫자가 아니라 검은 늪과 같았다. 빠져나오려 하지만 허둥댈수록 나올 수 없는. 풀이 과정은 더욱더 해괴해지고 답은 당연히 틀렸다.

선생님은 한없이 쳐다보더니 애먼 분필을 만지작거리는 내게 그만하라며 자리로 돌아가라고 했다. 친구들의 시선이 종아리에 호되게 매질을 당한 것처럼 얼얼했다. 나의 자리가 유독 멀게 느껴졌는데, 공부를 꽤 잘하는 짝꿍은 무시하듯 말도 걸지 않았다.

다음 날도 수학 시간에 불려 나갔다. 문제를 푸는 친구들의 번호는 매일 달랐고, 내 번호만 고정값이었다. 매일 실패하고 매일 공포와 수치심이라는 괴물에 사로잡혀 '과연 이 학년을 제대로 마칠 수 있을까'라는 의문을 달고 살았다. 먼지 같은 나에게 먼지 같은 나날들이 뿌옇게 흘러가고 있었다.

어느 날 선생님은 나를 불러 자신의 컵을 닦아달라고 했다. 컵 닦는 수업 전 아침 일찍 마쳐야 하기에 책임감이 동반되는 일이다. 나는 선생님이 왜 이런 일을 내게 시키는지 의아했지만 동시에 기뻤다. 아침마다 컵을 닦고 가지런히 놓는 것이 자랑스러웠지만 나눗셈 풀이가 제외되는 것은 아니었다. 뿌듯함과 좌절감이 반복되었다.

어느 날, 처음으로 나눗셈 문제를 푸는 데 성공했다. 선생님의 환한 미소를 본 것도 처음이었다. 매일 컵을 닦으며 오물을 닦아낸 것처럼, 매일 나눗셈 문제를 풀며 해결 과정의 오점을 덜어내었다. 선생님은 컵 닦는 작은 일로 나의 성취감을 키웠고, 나눗셈도 이와 같다는 것을 알려주기 위해 두 가지를 훈련시킨 셈이었다. 처음으로 검푸른 바다 깊은 곳에서 까무룩 숨어 있던 내가 물 밖으로 얼굴을 내밀고 숨 쉬며 나에 대한 믿음을 가진 순간이었다.

내 인생의 첫 책, 그리고 성장과 변화

더 나은 나다운 삶 연구소
엄일현

◇◇◇

　지난 5월. 가정의 달이라 정신없이 보내고 있는 가운데 『내 인생을 바꾼 사람들』 책이 출판되었다. 또 결혼기념일 20주년이라는 특별한 날이 있어 정동진으로 가족여행을 갔다. 딸아이가 태어나 17년 만에 와보는 정동진이다. 보는 순간 눈물이 났다. 힘들었던 때가 생각나 바다 앞에서 한참을 서 있었다. 그리고 모래밭을 걷고 또 걸었다. 사진도 몇 장 찍었다. 횟집 이동 후 주문하고 나니 문득 정동진에서의 어린 시절 추억이 생각이 나 너무 즐거웠다. 식사를 마친 후 가족들과 이야기하며 산책하니 너무 행복했다.

　즐거운 여행 후 집에 돌아와 또 하루하루 보내면서 더 성장하고, 힘든 과정도 잊은 채 살아가고 있었던 중 6월 어느 날 나연구소를 운영하고 계시는 우경하 대표님께 강의 제안 연락이 왔고, 나는 미니특강을 잘 마칠 수 있었다. 강의 전에는 잘 할 수 있을까? 라는 걱정이 들었다. 너무나 떨리고 말도 조금 떨고 무슨 말을 했는지 기억도 잘 나지 않았지만 그래도 잘했다는 생각이 들었다. 종종 연락도 오고 나도 한층 성장한 것 같다.

　힘든 과정들은 잊고 제2의 인생을 시작하여 새롭게 재미있게 살아가고 있는 올해가 참 뿌듯하다는 생각이 들었다. 점점 나아지고 있는 나를 돌아보는 지금. 나의 삶을 내가 바꿀 생각조차 못 하고 있을 때 나를 도와주신 분들께 감사 인사를 드리고 싶었다.

앞으로 더 나은 삶을 살아가는 데 있어서 나는 매일 악착같이 아주 작은 습관으로 매일 글쓰기 하고 있다. 작은 변화가 큰 변화로 오고 정말로 첫 책이 이렇게 나에게 변화를 주어 감사한 마음이다.

처음으로 진짜 잘한 일이었다. 술술 잘 풀려서 올해 새로운 일들을 시작하고 싶은 마음에 나이가 마흔 살이 다 되어 이렇게 살아가는 게 맞나라는 생각이 많았었다. 그렇게 올해 2022년 호랑이해 1월 1일부터 시작한 새벽 기상은 온전히 나를 위한 시간이었다. 하루가 달라지고 있어 감사하는 마음이 있다.

다음에 또 놀라운 일이 생겼다. 바로 미라클 모닝 새벽 기상 강의 제안이 들어왔다. 나에게 기적들이 오고 있다. 강의 제안이 들어오기도 한다. 앞으로 더 놀라운 일들이 있을 것이다. 물론 나도 한층 더 성장할 것이다.

이 글을 읽는 분들에게도 자신이 잘하는 일을 해보는 것이 어떨까? 라는 마음을 전해본다.

나는 마음의 여유를 찾고 자유. 행복을 이루고 싶은 마음이 있다.
그러기에 나는 계속 성장과 변화를 꾸준히 할 것이다.

처음으로 나를 찾은 날

그레이스인재교육원 원장, 뇌 상담사

양 선

◇◇

내 일을 찾기 위해 많은 세월을 둘러 왔다. 어떤 일이든 중간마다 계속 멈춰야 하는 현실이 싫었다. 집안일과 일을 함께하니 잘 진행되지도 않고 반복적으로 계속 한 곳에 맴돌고 있는 것이 현실이다. 이 상황을 알고 있는 친구가 나에게 명상 수업을 권했다. 나를 찾는 공부라고 했다.

처음에는 나를 찾는 공부! 이것이 과연 무얼까? 난 나를 찾는 것이 아닌? 내 진로! 할 수 있는 것을 찾고 싶었는데… 명상 어렵고 무거운 것 아니냐고 했다. 그럴 수도 있고 아닐 수도 있다고 말을 했다. 생각할 필요 없이 들어보고 나에게 필요하면 배우겠다고 생각했다.

명상이라고 하니 갑자기 공부라는 생각이 들었다. 난 역사, 영어 등 암기 과목에는 약하다. 수업하는 요일은 다가오고 수강비 입금했는데, 약간의 긴장감이 들었다. 수업을 받는 첫날이다. 오리엔테이션 시간에 앞으로 어떻게 수업이 진행되는지 말씀해주셨다.

첫 질문에 조금 당황했다. 정지 화면이 아니다. "니가 누꼬"라고 하셨다. 그래서 "저요?"라고 했다. 두 번째 질문도 "니가 누꼬"라고 하셨다. 그래서, 또 "저요?"라고 했다. 이때. 컵을 보고 세 번째 질문을 하셨다. 이 질문에 난 그냥 멍하니 앉아만 있었다. 이번에는 컵을 가리키면서 "니가 누꼬"라고 하셔서 순간적으로 아무런 말이 안 나왔다.

"이것도 니다" 스승님이 대답에 무슨 말이지 너무 어려웠다. 컵을 보고, "이것이 니다"라고 하니 무슨 말씀인지 한참을 생각했다.

한참을 생각하니, 이 세 가지 질문의 답은 바로 나왔다. 내 마음이 어디에 있느냐 따라 모든 것이 바로 나란 것.

흔히 선생님이나, 부모님이 말씀하시다가 내가 다른 생각할 때 말 안 듣고 뭐 하고 있니? 질문할 때가 있다. 현재 있는 곳 몸과 마음이 있어서도 대화할 때 다른 생각 하고 있으면, 생각은 다른 곳에 있는 것이다. 몸은 이곳에 있어도 생각으로 어디든 놀러 갈 수 있다. 한 번 간 곳은 기억하기에 내가 그곳에 가고 싶으면 언제든지 마음과 생각으로 떠날 수 있다는 것이다.

명상은 나를 비우는 과정이기도 하지만 제대로 나를 찾기 위해 나의 단점을 찾는 것이며. 나를 책임을 지는 과정이기도 하다. 명상은 뇌 속을 알아서 스스로 조절하는 공부이다. 기를 통해서 본인 치유를 하는 것이 바로 명상이었다.

친구가 명상을 권할 때는 몰랐는데 직접 수업을 듣고 나니 자아를 찾아가는 과정 같았다. 스스로 제자리에 맴돌았던 것 자신감과 용기가 없었다. 주변 도움도 필요하다. 하지만 자신감 용기가 없다면 계속 맴돌면서 세월만 흘러만 간다는 것을.

내가 명상을 수업으로 나를 찾기 시작하면서, 스스로가 욕심이 많다는 생각도 하게 되었다. 그렇다. 사람이라면 욕심을 가지고 있는 것 아닐까? 하는 질문도 나에게 해보았다. 명상으로서 나 찾기를 하면서 자신이 할 수 있는 것 찾으니 세상이 달라져 보였다. 너무나 행복한 나 찾기를 수업이고, 영원히 잊지 못하는 첫 기억으로 영원히 남을 것이다.

모든 것이 처음이었던 서툰 엄마,
우울을 이겨내기까지

책으로 꿈꾸는 두 아이의 엄마
백진경

◇◇◇◇◇◇◇◇◇◇◇◇◇◇◇◇◇◇◇◇◇◇◇◇◇◇◇◇◇◇◇◇◇◇

2017년 1월 22일 오후 3시 35분.

열 달을 뱃속에 품고 있던 첫째 아이를 만난 그 시간, 나는 한순간에 한 아이의 엄마가 되었다. 내 아이를 건강하게 만났다는 안도와 기쁨도 잠시, 출산의 경험과 동시에 생각지 못한 우울증이라는 것과 마주해야 했다. 흔히 겪을 수 있는 것이 산후우울증이라지만 그때의 나에게는 우울증이 더 이상 일반적인 문제가 아니었다. 나만 이런 감정을 느끼는 것 같고 엄마의 그 모든 감정을 받아내고 있는 아이에게 미안했다.

나도 나의 감정을 잘 알지 못한 채로 육아를 하며 2년 정도의 시간이 흘렀다. 그리고 둘째를 갖게 되었다. 열 달을 품고 또 한 번의 출산. 드디어 두 아이의 육아가 시작되었다. 앞이 보이지 않는 캄캄한 동굴 속에서 육아를 '해내는' 느낌이었다. 어느 날 문득 나의 이런 모습이 아이들에게 비칠 것으로 생각하니 더는 가만히 있을 수 없었다.

"나 다른 사람의 도움이 필요해."

남편에게 내가 했던 말이다. 다행히도 남편은 그런 나를 도와주기 위해 함께 노력했다. 남편의 도움으로 상담을 받게 되었고, 약물 치료를 시작했다. 그리고 어느 날 우연히 집어 든 책 한 권을 시작으로 나는 독서의 길에 들어서게 되었다. '이거라도 해보자'라는 심정으로 내가 살고자 선택했던 일이다.

『넘어진 자리마다 꽃이 피더라』라는 이종선 작가의 책은 나에게 단비와 같았다. 내가 듣고 싶었던 말들을 조곤조곤 이야기해 주었다. '아, 책이라는 게 참 좋구나'라고 그때 처음 느낄 수 있었다. 그 이후로 심리학책이란 책은 닥치는 대로 읽기 시작했다. 그리고 나는 드디어 그 안에서 답을 찾았다.

'나를 사랑하는 것'이 모든 일의 새로운 출발이 된다는 것을 배웠다. 그래서 책을 통해 내 마음을 단단히 잡아갔고 그렇게 나를 돌보았다. 시간이 흐르면서 내 주변에 책이 쌓이고 자신감도 함께 쌓여갔다. 책을 멘토로 삼아 마치 큰 보물을 얻은 것만 같았고 공허했던 나의 마음이 차곡차곡 채워져 가는 경험을 하게 되었다.

우울증이라는 것을 이겨내고 싶었다. 아니, 꼭 이겨내야만 했다. 이런 의지는 내 곁에 있는 아이들과 남편으로부터 생겨난 것이었다. 그 의지가 있었기에 지금, 이 순간 내가 존재하고 있고, 나의 하루는 더 이상 당연한 하루가 아닌 감사한 하루임을 안다. 세상에 당연한 것은 없다. 물리적 시간이 절대적으로 필요한 일도 있고 노력으로 채운 날들이 모여 오늘의 나를 만들었다.

내가 원하는 모습이 되기 위해 나는 과연 어떤 노력을 하고 있는가?
걱정과 한탄만으로 이루어진 시간은 나에게 기회조차 주지 않는다. 기회를 나의 것으로 만들기 위해 엄마인 나는 오늘도 책을 들고 마음속에 배움을 차곡차곡 쌓아간다.

하루도 못 할 것 같았던 일을
8년째 하고 있다
―나의 첫 번역을 추억하며

도전하는 엄마

김은진

◇◇◇

이십 대 후반에 첫 아이를 낳았다. 한창 잘 다니던 직장을 포기할 수 없어 출산한 지 3개월 만에 친척분께 아이를 맡기고 출근 버스에 몸을 실었다. 아직 채 회복되지 않은 몸과 마음으로 회사에서 일이 제대로 될 리가 있었을까. 온 힘을 다해 일해도 나만 도태되는 것 같았다. 몸도 마음도 한계에 다다르니 어쩔 도리가 없었다. 결국, 아이가 두 돌 될 무렵 퇴사하게 되었다.

퇴사 후의 삶은 무료하기 짝이 없었다. 과연 늘어난 시간만큼 아이에게 엄마의 역할을 더 잘하고 있는지 의문이었다. 아이와 함께 나도 아이가 되어가고 있었다. 그렇게 전업주부의 삶을 산 지 3개월쯤 되었을 때 한 친구에게 연락이 왔다.

"번역 한번 해보지 않을래?"

그 친구는 두 아이를 출산하고 경력 단절 후 번역 일을 시작한 육아 선배이자 대학 동창이다. 젖먹이를 친정어머니께 맡기고 번역 아카데미를 다니던 친구의 모습이 참 대단해 보였지만 그것이 내 모습이 될 것이라고 한 번도 상상해보지 않았다. 외국어를 전공하였어도 전문적으로 번역을 배운 적이 없었기에 나는 안 될 것으로 생각했다. 머뭇거리는 나에게 그녀는 자기도 아무것도 없이 밑바닥부터 시작했다며, 자기가 기꺼이 발판이 되어주겠다고 했다. 그녀가 산 증인이었고, 든든한 뒷배였기에 용기를 내어 지금 다니는 회사에서 일을 시작하게 되었다.

우선 다른 분들이 작업한 번역물을 읽는 것부터 시작했다. 우리 회사는 기술 번역을 주로 하는 회사여서 번역 원문을 이해하는 데도 많은 어려움이 있었다. 굳었던 머리를 굴리며 번역에 대한 감을 잡기 시작한 지 한 달쯤 되었을 때 A4 한 장짜리 문서를 건네받았다.

"간단한 내용이고 관련 건이 있으니 참조해서 한번 해보세요."

한 문장을 번역하는데 30분 넘게 끙끙거렸다. 맞는 표현을 썼는지, 내가 제대로 이해를 한 것인지 확신이 없어서 몇 번을 지웠다 다시 쓰기를 반복했다. 다른 문서들을 모방해서 겨우 구색을 갖추고, 인터넷에 관련 기술을 샅샅이 뒤져서 꼬박 하루를 쏟아 한 페이지를 번역할 수 있었다. 2015년 2월 27일, 두렵고 떨리는 마음으로 번역자에 내 이름이 적힌 첫 건이 발송되었다.

그 후 나는 본격적으로 번역을 시작하였고, 한두 장이 점점 늘어 이제는 30장, 100장의 긴 호흡의 번역물도 소화할 수 있게 되었다. 그 집땀 나는 첫 번역이 없었다면 지금의 내가 있을 수 있었을까? 나는 여전히 번역이 어렵고 두렵다. 매번 새로운 과제를 맞닥뜨리고 정답이 없기에 100% 확신할 수 없다. 혹시나 이의 제기를 받을까 전전긍긍하기도 한다. 하지만 내가 기댈 수 있는 것은 지난 시간 쌓아온 나의 실력이나 재능이라기보다는 막막함 속에 첫발을 내디뎠던 그 용기와 매번 주어지는 어려운 과제를 끝까지 해내면서 쌓인 내면의 단단함이다. 나는 앞으로도 기회가 있을 때마다 10년 후의 나를 상상하며 도전할 것이다. 내 첫 번역의 경험을 통해 이미 값진 결실을 맛보았기에.

작은 습관이 만들어 준 최고의 선물

성장하는 행복한 엄마 작가
홍주희

◇◇◇◇◇◇◇◇◇◇◇◇◇◇◇◇◇◇◇◇◇◇◇◇◇◇◇◇◇◇◇◇◇◇

"이제 텔레비전 그만 보고 책 좀 읽어라. 어쩜 그렇게 책을 안 읽니?"

어렸을 때 귀에 딱지가 생기도록 엄마한테 들었던 말이다. 책을 읽는다 해도 그건 재미가 아닌 순전히 엄마의 잔소리가 듣기 싫어서 억지로 읽었던 기억이 난다. 그렇다 보니 나에게 책이란 재미없는 것, 지루한 것, 졸린 것, 읽어도 기억에 남지 않는 것으로 인식되었다. 시간이 지나면 지날수록 어느덧 책과는 점점 더 거리가 멀어졌다. 대학입시를 위해 공부하느라, 취업 준비하느라, 직장 생활하느라, 결혼 후 아이 키우느라 정신없이 살면서, 책을 읽는다는 것은 시간 있는 사람들만이 여유롭게 즐기는 사치라는 생각까지 들었다.

일과 양육으로 지쳐갈 무렵, 코로나와 함께 찾아온 사춘기 아이의 반항과 방황은 마음 문까지도 굳게 닫아버렸다. 아이의 모습을 보고 있는 것조차 힘겨운 시간이었다. 그때 내가 유일하게 할 수 있었던 것은 아이를 믿음으로 지켜봐 주고 기다려 주는 것뿐이었다. 그 기다림 속에서 나의 손을 잡아준 것이 바로, 책이었다. 책과는 유난히 거리가 멀었던 나는 어느 날 눈물을 흘리며 손에서 책을 놓지 않고 있었다. 재미없었던 책 속의 문장 하나하나가 어느새 나를 위해 쓴 것처럼 눈앞에 펼쳐졌다.

50

읽지는 않았지만, 책 욕심은 많아 책장 속에 꽂아뒀던 먼지 쌓인 책들이 매일 나에게 인사를 해 주었다. 그렇게 하루 10쪽씩 읽으며 책과 점점 가까워졌다. 책을 읽기 싫어했던 나에게 10쪽 읽기는 전혀 부담되지 않았고, 시간 없다는 핑계를 댈 수 없을 만큼 자연스럽게 습관화되어갔다. 끝까지 읽지도 못하고 책장 속에 숨어 지내던 책들이 한 달이 지나고 두 달이 지나니 나의 손자취가 묻어나기 시작했다. 매일 10쪽씩 읽다 보니 한 달에 책 한 권을 읽을 수 있었고, 1년이 지나고 보니 12권이나 되는 책과의 만남이 이루어졌다.

사춘기 아이와의 힘든 시간 덕분에 인생의 귀한 친구를 사귀게 된 셈이다. 하루 10쪽 읽기 습관은 상상도 할 수 없을 만큼의 큰 변화를 가져왔다. 매일 짧은 독서를 통해 누구에게도 받을 수 없었던 따뜻한 위로를 받았고, 근심·걱정이 아니라 생각을 정리할 수 있는 마음 근육이 매일매일 단단해졌다. 한 달이 되면 책 한 권을 읽었다는 성취감뿐만 아니라 '나도 할 수 있다'는 자신감이 생기면서 그동안 아이의 방황이 나의 탓인 듯 자책하고 있던 마음도 천천히 사라지기 시작했다.

책을 통해 여러 저자의 위로와 격려가 일과 육아로 지친 나의 마음을 꼭 안아주었고, 지금까지 한 번도 해보지 않았던 일에 도전할 수 있는 용기를 주었다. 힘들고 지친 사람들에게 공감되는 글과 다가가는 대화로 사랑과 위로를 선물하는 사람이 되고 싶은 사명감 또한 생기기 시작했다. 내 인생에서 책과 진지하게 마주한 첫 기억은 이처럼 작은 습관이 만들어준 행복을 만났을 때이다. 이 행복은 찾으려 노력해서 찾은 것이 아닌 책이 나에게 준 인생의 선물이다. 남은 삶을 어떤 사람으로 누구를 위해 살 것인가에 대한 새로운 길을 안내해 준 것이다.

당연한 내일은 없어

수학학원을 운영하는 책 읽는 수학쌤

오은주

◇◇◇

아직 어버이날이 되려면 일주일이나 남아 있다. 어버이날 찾아뵐 거니 이번 주는 생략해도 되지 않을까 생각한다. 요양병원에 누워 계신 할아버지가 보고 싶지만. 나는 일을 하며 아이도 키우고 살림도 해야 하는 워킹맘이다. 다음 주 어버이날은 꼭 가야 하니 이번 주는 그냥 넘어가기로 한다.

할아버지는 우리를 기다려 주지 않으셨다. 어버이날을 며칠 앞둔 어느 날. 아무도 없는 고요한 새벽에 조용히 우리 곁을 떠나셨다. 그 소식을 들은 순간부터 나는 제정신이 아니었던 것 같다. 항상 따뜻하게 내 이름을 불러 주시던 할아버지께서 내 곁을 떠나셨다.

할아버지를 찾아뵙는 일을 다음으로 미루어 놓고 마음 편히 일상을 살아간 나를 한없이 원망하고 또 원망했다. 할아버지께서 내 손을 꼭 잡아주셨듯이 나도 할아버지 손을 더 잡아 드렸어야 했는데 내 삶을 핑계로 자주 찾아뵙지 못했다. 요양병원 침대에 누워 삶과 맞서 싸우는 할아버지를 보면서도 그저 내일도, 모레도 그곳에 계속 계실 거라고 단단히 착각했다. 그 힘든 길을 혼자 외롭게 보내드려 지금도 생각하면 가슴이 아프다.

내일은 당연한 것이었다. 가족의 존재는 숨 쉬는 것과 같이 내 삶의 일부

일 뿐이라고 생각하며 살아왔다. 감사함보다는 당연함에 가까웠다. 우리에게 계속되는 내일이 당연한 것이 아닐 수 있다는 나의 첫 경험. 오늘이 아니면 내일. 내일 못하면 언제든 그다음이 나를 기다리고 있을 줄 알았다. 다음으로 미루어 놓았던 그 일이 몇 년이 지난 지금도 마음의 형벌로 남아 있다.

이때부터였을까? 나는 나의 하루를 더 바쁘게 살려고 노력한다. 나 자신에게 후회를 남기지 않는 것은 물론이고, 내 가족들에게 더 최선을 다하려고 한다. 혹시 함께하는 내일이 오지 않더라도 내가 오늘 하지 않고 미루어 두었던 일로 인해 가슴을 치며 후회하는 어리석음을 두 번 다시 되풀이 하고 싶지 않다.

"오랜만에 횡성에 오니 비바람이 몰아쳤는지 소나무가 쓰러져 있네. 소나무를 베어서 옮겨야 할 것 같아."

부모님은 은퇴하시고 전원주택에서 자연을 벗 삼아 살아가고 계신다. 자연이 주는 선물만큼이나 자연과 함께 헤쳐나가야 할 일들도 많이 생겨난다. 부모님께서는 크고 작은 일로 자식들의 도움이 필요하시다. 나에게는 내가 하는 일만큼이나 부모님의 힘을 덜어드리는 것이 중요하고 큰 문제이다. 나는 당장 부모님이 계신 횡성으로 향했다. 부모님이 내미시는 도움의 손길을 외면하거나 다음을 기약하지 않는다.

무관심과 귀찮음을 당연함으로 포장하여 나와 내 주변에 후회할 일을 만들지 않겠다고 다짐한다. 당연한 내일이 아니라 감사하고 꽉 찬 오늘을 살아가려는 나의 노력은 그때부터 지금까지 진행 중이다.

나의 첫 군인 아저씨

내 안의 꿈과 행복을 찾아가는 나
이애경

◇◇◇

동네 꼬마였던 나를 기억해 주시던 나의 첫 군인 아저씨. 그때 기억 속으로 들어가 본다.

초등학교 시절 집 앞 공터와 놀이터에서 뛰어놀기를 좋아하는 꼬마였던 나는 참 해맑았다. 친구들과 동생을 데리고 술래잡기와 고무줄을 하다 보면 시간 가는 줄 몰랐다. 캄캄한 저녁이 돼서야 엄마가 부르는 소리에 집으로 향하곤 했다.

우리 집 앞에는 동사무소가 있었는데 아침과 저녁 시간에는 동사무소 직원분들의 출퇴근으로 낯익은 얼굴을 자주 보게 되었다. 어렸던 나의 눈에는 군복을 입고 왔다 갔다 하시는 군인 아저씨들이 눈에 띄었다. '저분들은 왜 매일 여기 오시는 거지?' 마음속으로 이런 의문이 들었지만, 누구에게도 물어볼 수 없었다. 그러던 중 매일 동사무소에 가는 군인 아저씨 중 한 분을 자주 마주치게 되면서 얼굴을 기억하게 되었다.

그러던 어느 날 군인 아저씨가 나에게 말을 건네왔다. "또 만났네? 아저씨가 아이스크림 사줄까?" 나는 여러 번 거절하다 군복을 입은 사람이라 나쁜 사람이 아니겠다는 순진한 생각으로 아저씨를 따라갔다. 아저씨는 웃으며 나에게 아이스크림을 사주셨다. 그때 당시 콘은 제일 비싸서 먹기 힘들었는데 콘을 사 주시는 게 아닌가! 나는 감사하다는 말을 반복하고는 집에 와서 동생에게 자랑했다. 얼마나 아이스크림이 맛있던지 잊을 수가 없었다.

그렇게 나는 군인 아저씨와 친해졌다. 아저씨를 만날 때면 어찌나 반갑던지. 나도 모르게 웃음이 나왔다. 군인 아저씨는 나를 만나면 간식을 사주겠다고 하셨지만. 엄마한테 혼난다고 말씀드리며 거절했다. 하지만 "괜찮아. 아저씨가 좋아서 사주는 거야." 하시면서 나에게 아이스크림을 건네주셨다. 처음엔 나만 사주다 동생도 함께 사주셔서 우리는 군인 아저씨를 기억하게 되었다.

몇 해가 지난 어느 날 아저씨를 또 길에서 마주쳤고 예상치도 못한 말을 건네왔다. "아저씨가 이제는 여기 안 와서 얼굴을 못 볼 거 같네. 어쩌지?" 나는 아무 말도 나오지 않았다. 동네 꼬마였던 나에게 늘 반갑게 인사해 주시고 간식을 자주 사주셨던 아저씨를 이제 볼 수 없다고 생각하니 마음이 이상했다. 가족이 아닌 다른 누군가가 나를 챙겨주기가 쉽지 않은데 나는 큰 사랑을 받았다.

누군가를 잊지 않고 챙긴다는 건 마음이 없이는 불가능한 일이다. 어쩌면 나는 그때 받은 관심과 사랑이 내 안에 깊숙이 자리 잡고 있지 않을까 하는 생각을 해본다. 인생을 살아가다 보면 힘든 순간들이 있다. 그때마다 모두 기억나지는 않지만 이겨낼 수 있는 에너지는 깊숙한 곳에 있는 사랑이지 않을까. 힘들 때 하나씩 꺼내 쓸 수 있는 보물 창고 속의 보석처럼 말이다.

3년 사귄 그 남자 이야기

일 년 안에 책 네 권 쓴 작가
오제현

◇◇

스물두 살. 말년 병장 휴가를 나온 그가 나와 소개팅을 한 나이다. 그는 체크 남방을 잘 입었고 지오다노 베이지색 면바지가 잘 어울렸으며 안경을 썼다. 입담이 좋았던 그는 나를 많이 웃겨주었고 배려심 많은 말투에다 다정하기까지 했다. 만나는 남자들마다 이름이 내 기대와 달리 세련되지 않았는데 그 징크스는 여전했다. 내 이름 또한 세련미라고는 없지만 뭔가 이름이라도 잘생겼으면 하는 마음이 있었다. 그러나 그는 내면이 참 예뻤다. 사회성이 좋고 부모님 생각하는 마음도 애틋했으며 나를 좋아해 주는 마음이 고왔다.

직장에 다니는 나를 배려해 학생이었던 그는 월계역에서 연신내까지 왔다. 조카들을 데리고 나간 데이트에도 싫은 소리 하지 않고 잘 데리고 놀아주었다. 부모님 가게 일도 잘 돕고 서로 장단이 잘 맞았다. 노래를 참 잘했던 그에게 동대문 밀리오레 노래자랑에 나가기를 권유해 참가한 적도 있었다. 떨려서 제 기량을 발휘하지 못했지만. 노래방에서 'She's Gone'을 고음까지 깔끔하게 처리했던 그의 노래가 아직도 귓가를 울린다.

사귄 지 3년이 되던 해. 우리는 각각 외국으로 나갈 준비를 하였다. 그는 3개월 어학연수로 캐나다에. 나는 1년 동안 필리핀과 호주를 다녀오기로 한 것이다. 서로 많이 사랑했기에 그와의 헤어짐은 마지막이 아니라는 믿음이 있었다. 친구들 앞에서 작은 언약식처럼 1년 뒤에 만날 것을 기약하고 그렇게 우린 헤어졌다. 그는 캐나다에서 필리핀 어학원까지 전화를 걸어오는 사랑꾼이었다.

3개월이 지나 그가 한국으로 돌아왔고 나는 호주에 있을 때였다. 자주 연락할 수는 없어도 안부를 묻고 여전히 서로에 대한 믿음도 견고했다. 호주 현지인 집에서 살며 밥을 얻어먹고 일하는 '우프'라는 것을 하였는데 전기가 없는 곳에 3주간 지내게 됐다. 전기를 쓸 수 없으니 어떤 연락도 할 수가 없었다. 하루는 주인아저씨가 인터넷이 되는 주민센터 같은 곳에 나를 데리고 가주셨다. 오랜만에 그와 연락할 기대에 부풀어 메일을 열었는데 평소와 다른 말투의 제목이 보였다.

"제현아" 이 세 글자에 나는 이별을 직감할 수 있었다. 떨어져 지내니 더는 내가 여자로 느껴지지 않는다는 그의 메일을 보며 머릿속이 하얘졌고 떨리는 손을 주체할 수가 없었다. 군대에 갇힌 사람처럼 아무 연락도 할 수 없고 한국으로 갈 수도 없는 이 현실이 너무 답답했다. 이별의 징조를 한 번도 보이지 않다가 받은 통보는 받아들이기가 정말 힘들었다.

한국에 돌아와 발신 번호 제한으로 연락한 적이 있다. '그도 나라는 것을 알았겠지.' 이별 당시에는 마음이 아프고 원망했지만 18년이 흐른 지금, 그와의 따스한 기억이 지금도 나에게 고운 추억으로 남아있다. 한때는 나도 사랑을 듬뿍 받았던 여자였노라고…

추억의 농심 라면

책 읽기와 글쓰기로 최고의 성장을 꿈꾸는
백지원

◇◇

초등학교 6학년 때의 일이다. 그 당시에는 라면이 참 귀했다. 그런데 친구 하나가 학교에 올 때면 늘 책가방에 라면 하나를 넣어 다녔다. 라면 봉지에 라면을 부숴 넣고 수프도 넣고 봉지 주둥이를 꼭 움켜쥐고 셰이크 흔들 듯이 마구 흔들었다. 그러면 라면과 수프는 어우러져 골고루 섞인다. 그렇게 해서 친구들과 나누어 먹었던 생각이 났다.

그 친구의 가방에는 늘 농심 라면이 있었다. 그 당시 라면 한 봉지가 45원이었다. 지금의 가치로 치면 600원 정도 되는 듯하다. 그 당시에는 그 라면도 못 사 먹는 친구들이 훨씬 많았던 시절이다.

그 친구가 부러웠다. 친구들은 그 농심 라면을 조금이라도 얻어먹으려고 늘 그 친구 옆에서 서성거리기도 했다. 잘 보이면 더 많이 얻어먹을 수 있었다. 하지만 나는 그렇게까지 라면을 얻어먹고 싶은 마음은 없었다.

그 친구는 우리랑 같은 동네 살았기 때문에 학교 끝나고 나면 학교 뒤 솔밭에서 공기놀이도 하고 고무줄놀이도 하고 함께 놀다가 헤어지곤 했다. 그럴 때마다 통 큰 친구는 같이 놀던 친구들에게 라면 한 봉지씩 사주곤 했다. 덕분에 많이 얻어먹었다. 그래서인지 라면을 생각하면 그 친구가 생각난다. '지금쯤 어디에선가 잘살고 있겠지!

하루는 라면이 너무 먹고 싶었다. 하지만 내 주머니엔 45원이 없었다. 어떻게 먹고 싶은 라면을 사 먹을 수 있을까? 생각해봤다. 그때 문득 떠 올랐다. 엄마의 금고. 엄마의 금고는 어디였을까? 엄마는 동전이 생기면 부엌에 있는 찬장 맨 위에 오목한 접시에 동전을 보관하곤 하셨다. 엄마의 금고가 눈에 보인 것이다. 접시에 동전이 반 정도 담겨 있었다. 그곳에서 50원을 슬쩍 꺼내서 슈퍼로 갔다.

매일 친구가 주는 라면만 얻어먹다가 처음으로 내 돈으로 라면을 사 먹었다. 사실은 엄마 돈이다. 엄마 금고에서 살짝 꺼내 라면을 사 먹었는데도 불구하고 엄마는 아무 말도 안 하셨다. 아는지 모르는지 그건 아직도 미지수다. 라면을 맛있게 사 먹기는 했지만. 마음은 불편했었다. 평생 처음이자 마지막으로 엄마 금고에 손을 대고 내 것인 양 썼다. 엄마가 아신다고 해도 이해해 주셨을 거라는 생각이 든다.

라면을 좋아하는 친구 덕분에 나이가 들고 크면서부터는 라면을 좋아하지 않는다. 무엇이든 모자란 듯하면 아쉬움 때문에 더하고 싶어진다는데… 그래서일까 요리 중에서 가장 못 하는 요리가 라면 끓이기다. 라면 끓여 달라는 사람도 별로 좋아하지 않는다. 덕분에 나는 라면을 잘 끓이는 일류 요리사인 남편을 만났다.

라면의 추억은 우리 국민들은 누구나 다 있을 것이다. 아마도 반나절은 이야기해도 모자랄 정도일 것이다. 추억의 농심 라면! 초등학교 시절이 떠오르며 때론 그때가 그립기도 하다. 추억은 재생할 수 없지만. 시간은 흐르고 있다. 숨겨진 마음 한구석에 저장된 추억을 꺼내 보며 난생처음 지금의 내 마음을 사람들과 세상을 향해 말해 본다.

추억을 아름답다는 것을…

바다

상상을 현실로 만든
신주아

◇◇◇

하얀 모래사장이 끝없이 펼쳐져 있다. 동그란 두 눈으로 신기하듯 내려다 보고 서 있는 아이가 있다. 눈 앞에 펼쳐진 하얀 백사장이 너무도 신기해 그냥 바라만 볼 뿐 서서 움직이지 못하고 있다. 주위엔 하얀 백사장과 그 끝에 보이는 물결치는 바다가 작은 아이에게는 온 세상처럼 보인다.

한 발짝 내디딜 때 모래가 움푹 파지며 작은 아이의 발자국이 남는다.

몇 발짝 앞으로 가다 이내 서버리고 뒤돌아보고 몇 발짝 앞으로 걷다 또 돌아본다.

같이 온 친구는 너무 신이 나서 엄마와 함께 어디론가 달려갔다.

친구들의 목소리도 들리지 않는 듯 모래만 뚫어져라 보고 있다가 다시 몇 발짝 걸어보고 그대로 발자국을 남긴 채 멈추어 있는 발자국이 신기한 듯 털썩 주저앉아 모래를 만져본다.

손가락 사이로 흘러내리는 모래는 그대로 흘러내려 이내 사라지고 만다.

흘러내리는 모래를 모아 보려고 다시 움켜잡아 보고 또 잡아본다. 몇 번을 반복하다 나를 보며 웃는다.

아빠는 모래를 모아 쌓아 놓고 파헤치기도 하고 그림을 그리는 시늉을 해본다.

아이는 재미있어 보였는지 웃으며 모양을 잡아보려고 모래를 모아보지만 작은 손으로 만든 산은 금방 흩어지고 만다. 아이와 손을 잡고 모래사장을 지나 파도가 치는 바다 앞으로 와서 끝없이 펼쳐진 바다를 가리켜보며 이렇게 많은 물이 바다라고 손으로 가리켜본다.

아이는 맨발 사이로 밀려오는 잔잔한 파도가 말이라도 걸어오는 듯 발가락 사이에 춤추는 파도를 보며 발을 움직여 본다.

찰랑거리는 파도가 몇 번이고 밀려와 아이의 발을 두드린다.

파도와 놀 준비가 되었는지 갑자기 까르르르 웃으며 커다란 눈으로 나를 보며 "엄마"라고 부른다. 춤을 추듯 찰랑거리는 파도를 밟아가며 깡충깡충 뛰어다닌다.

자꾸만 밀려나가는 파도를 한 번 더 밟아 보려고 애쓰지만 금세 빠져나갔다가 다시 밀려오는 오는 것을 안간힘을 다해 밟아본다.

나의 손을 잡고 같이 밟아달라고 눈짓을 하며 손을 내밀며 같이 밟아본다.

아빠는 파도 속에서 반짝이는 작은 조개껍데기를 찾아 아이에게 보여준다. 물속에서 금방 나온 조개껍데기가 맘에 드는지 손을 번쩍 들어 보이며 자랑하듯 나를 돌아보며 활짝 웃으며 세상에 모든 기쁨을 우리 부부의 가슴에 선물한다.

우리는 매일 집 앞을 손잡고 걸었고 그 작은 아이는 22살이 된 지금도 우리와 함께 마주 앉아 매일 이야기 한다.

그때는 작고 눈망울이 커다란 조그만 아이였던 큰아이와 두 동생과 함께 우리는 처음 왔던 그 바다에서 미래를 이야기하며 함께 꿈꾸는 가족이 되었다.

자연주의 출산으로 얻은 깨달음

두 아이의 엄마, 일상철학자
박주영

◇◇

출산이 코앞에 닥쳤을 때의 나는 온갖 후기를 다 읽고 겁을 한 움큼 집어먹은 만삭의 임산부였다. 조금이라도 덜 아플 수 있는 방법을 열심히 찾아보았지만 결국 한 가지 결론에 이르렀다.

"아프지 않은 출산은 없다."

고심 끝에 선택한 것은 '자연주의 출산'이었다. 나는 나를 너무도 잘 알았다. 출산 시 병원의 무심한 듯 차가운 분위기를 견딜 수 있는 성향이 아니었기에 출산의 전반적인 과정을 이해하고 도와주는 조산사 '둘라'의 존재가 가장 매력적으로 다가왔다. 아이에게도 좋고 엄마에게도 좋다는 다른 이유들은 그저 덤으로 생각했다. 두렵지 않기를 바라는 마음뿐이었다. 둘라는 진통이 올 때 허리를 쓸어주고 호흡을 이끌어주며 고통이 경감될 수 있도록 도와주었다. 낮은 조도에 잔잔한 음악이 흐르는 분만실의 편안한 분위기도 좋았다.

자연주의 출산은 촉진제나 무통 등의 약물을 사용하지 않기 때문에 출산의 전 과정을 오롯이 느낄 수 있었는데, 아이가 산도를 통과하는 그 순간은 유난히 잊을 수가 없다. '아이가 세상을 향해 밀고 나오던 힘' 때문이다. 내

부에서 엄청난 에너지가 느껴졌다. 내가 힘을 주는 건 비교도 안 될 만큼 거세고 강한 힘이었다. 아이가 세상으로 나오기 위해 얼마나 애를 쓰는지가 몸에 고스란히 새겨지다 보니 두려움을 느낄 새가 없었다. 아이를 도와줘야한다는 생각밖에 들지 않았다. 낳으면서도 알 수 있었다. 나중에 "내가 너를 어떻게 낳았는데!"라는 말은 할 수 없으리라는 것을. 출산의 주체는 엄마가 아니라 '아이'라는 말을 절감하는 순간이었다.

뱃속에 있던 아이는 발로 배를 찰 때 외에는 존재감이 크게 느껴지지 않았고, 괜히 서먹하고 어색한 기분마저 들었다. '과연 내 자식이라는 강렬한 끌림이 있을까?' 하는 의문이 들기도 했는데 출산의 과정을 겪다 보니 이미 우리는 한 팀이 되어 있었다. 아이의 애씀이 너무나도 귀하고 애틋했다. 이렇게 힘겹게 뚫고 나온 세상이 조금 더 아름답기를 기도했다. 내가 따뜻한 세상을 열어주는 엄마가 되어줄 수 있기를 간절히 바라고 또 바랐다. 그때 어쩌면 부모의 '한계'를 미리 경험했는지도 모른다. 부모가 모든 것을 이끌어주는 것 같아도, 실제로는 아이 스스로의 힘으로 자란다고 믿을 수 있게 되었으니 말이다.

아이와의 첫 만남은 그렇게 서로를 느끼고 배려하며 시작되었다. 아이를 키우면서 나의 부족함, 상황의 버거움, 아이들의 무한한 요구로 지치고 무너질 때도 많았지만 처음의 그 순간을 떠올리면 '한계'를 인정하고 받아들이게 된다. 부모로서 할 수 있는 것은 아이를 세심하게 살피고 도와주는 것뿐이며, 내가 바라는 대로 이끌고 휘두를 수 없다는 것을 자각하게 된다. 그런 '깨달음'이 부모로서 나를 더욱 겸손하게 하고 아이들을 앞세우게 한다. 그 덕분인지 지금도 아이와의 팀워크가 좋은 편이다. 앞으로도 오래 그 순간을 기억하며 아이들과 한 팀으로, 파트너로, 동반자로 살아가려 한다.

생애 첫 직장을 만나다

생애 첫 직장에서 퇴직을 앞둔 직장인
최순덕

◇◇◇

  광주민주화항쟁이 있었던 1980년 5월. 나는 고3 취업준비생이었다. 취업을 위해 열심히 주판알을 튕기고 있던 날이 생생하게 기억난다. 주산 시간에 갑자기 하교하라는 방송을 듣고 영문도 모르는 채 자취 집으로 향했다. 그 이후 민주항쟁의 현장을 목격하며 한 학기를 보냈다.

  한 명 두 명 취업전선에 뛰어들고 있는 무렵 나도 취업을 위해 서울에서 삼성 공채시험을 치렀다. 서울여상에서 시험을 봤는데 그 당시 서울에 있는 친구들은 광주 민주항쟁이 발생했는지조차 전혀 모르고 있었다. 매스컴이 완전히 봉쇄되었기 때문이다. 조금은 서글픈 마음도 들었지만. 나의 목적은 시험을 잘 치르는 것이었다. 삼성 공채시험에서 낙방하고 나는 종합병원에 추천받고 다시 공채시험을 보게 되었다. 나의 첫 직장이 된 셈이다.

  시험 당일 합격 소식 듣고 바로 그다음 날부터 근무하라는 통보를 받았다. 직원이 갑작스럽게 그만둬서 채용하자마자 근무 명령을 내린 것이다. 광주에 돌아와서 학교에 이야기하고 출근할 준비를 했다. 교복만 입고 다녔기에 사복을 어떻게 준비해야 할지도 난감했다. 마침 친구 이모가 운영하는 옷 가게가 있어 그곳에서 적당한 옷가지를 한 벌 사서 입었다. 신발은 학생 구두를 그대로 신고 갔다.

교복만 입고 다닌 시절이라 사복 입고 출근하는 것이 어색했다. 어리둥절한 모습. 어리바리한 촌뜨기가 첫 출근을 하고 일을 시작했다. 어떻게 시작했고 어떻게 적응했는지 지금 생각하면 아이러니하다. 아무것도 모르는 철부지. 누구의 조언도 없었다. 거처할 숙소도 마련하지 못한 채 일을 시작하게 되었다. 다행스럽게 7년 선배가 그곳에서 근무하고 있었다. 그 선배가 본인의 숙소에서 같이 지내도록 배려해줬다.

학교에서 배운 부기, 타자, 주산 따위는 하나도 쓰이지 않았다. 처음 맡은 일은 환자 접수하는 일이었다. 환자가 병원에 오면 처음 접하는 곳이 내 자리였다. 나에게 와서 접수해야 진료를 받게 되는 것이다. 접수 대장에 환자 이름, 주소, 주민등록번호, 전화번호 등을 기록하여 차트를 만들고 등록번호를 부여하는 것이다.

지금 생각하면 병원에서 환자와의 첫 만남의 장소이고 첫 만남의 주인공이 나였다는 점에 의미를 부여하고 싶다. 2년 동안 접수 업무를 하면서 지역의 주소를 거의 알게 되었고 많은 사람을 접하게 되었다. 틈틈이 입·퇴원 업무, 수가 계산업무, 보험 청구업무 등을 배워서 선배들을 돕기도 했다. 아침 일찍 출근해서 선배들의 일을 미리 다 해놓았다. 깜짝 이벤트로 선배들의 기분을 흐뭇하게 해주고 싶었다. 오롯이 직장 일에만 전념했다. 그 시절에는 힘든 일이기도 했지만, 흐뭇한 일이기도 했다. 선배들에게 칭찬받는 것도 에너지가 되었다.

대학에 가지 못했지만, 공부는 계속해야겠다는 마음으로 졸업하던 해(1981년도)에 방송통신대학교에 입학하였다. 중도에 포기하고 서울에 와서 다시 시작하게 되었지만, 첫 시작은 항상 좋았다. 첫 직장에서 퇴직을 앞둔 지금까지 계속 일하고 있다. 일하는 장소는 지방에서 서울로 옮겨졌지만, 아산재단 소속 병원이라는 곳에서 만 42년을 일하게 되었다. 고등학교 졸업 후 첫 직장, 첫 출근, 첫 업무, 처음 만나는 사람들, 처음은 설렘과 두려움이 공존했다. 살아가면서 극복해야 할 일이기도 했다.

첫 직장에 출근했던 날을 42년이 지난 오늘에 기억을 소환할 수 있음이 감사하다. 첫 직장은 내 인생의 2/3를 차지하고 있다. 생애 첫 직장에 대해 소중함과 감사함을 간직하며 첫 직장과 이별 준비를 하고 있다.

아파트 나무 그늘 아래에서

자연 속에서 이웃들과 공존을 꿈꾸는
윤정희

무거운 이민 가방을 방에 넣고서 어린 리사와 함께 바닥에 누워버렸다. 우리가 도착한 곳은 나무가 무성하게 자라고 오래된 목조건물 오크 크릭 아파트다. 발코니 밖으로 보이는 세상은 온통 나무뿐이었고, 거실은 카펫으로 되어 있었다. 2년 동안 지낼 이곳에서 어떤 추억거리를 만들고 떠날지 기대에 차 있었다. 작은 살림과 생활용품들이 빈 서랍장을 채우고, 한국 마켓에서 산 김치와 음식 거리가 냉장고에 가득 찰 때 우리도 시차 적응이 되고 있었다.

집을 나서면 가장 먼저 보이는 것이 나무토막으로 이루어진 작은 놀이터이다. 이곳에서 남편이 돌아올 때까지 놀고 있는 것이 전부였다. 아파트 주변을 걷다 보면 한국 사람들이 종종 보이곤 했다. 맞벌이 가정의 아이를 돌봐주시는 중년 아주머니를 알게 되었다. 아주머니께서 챙겨온 수박과 옥수수. 고구마 등의 간식거리를 나눠 먹으며 시간을 보냈다. 리사는 또래 친구들과 비눗방울을 만들고 바닥에 크레용으로 동물 모양을 그리며 전보다 알찬 하루를 보내게 되었다. 낯설기만 했던 곳이 비슷한 또래의 지인들을 사귀며 점차 안정감을 찾았다. 저녁이 될 때까지 놀이터에서 놀다가 아빠들이 학교에서 돌아올 시간이 되면 서둘러 집으로 향했다.

다음 해엔 라임 나무와 들깨, 호박을 발코니에서 재배했고, 나의 뱃속엔 둘째 안나가 자라고 있었다. 심한 입덧과 임신성 당뇨로 밥을 제대로 먹지 못할 때 지인들이 반찬과 음식을 만들어서 주었다. 연구원의 생활은 비슷하다. 경제적으로 자유롭지 못하고 미래를 위해 달려가기에 남편은 여유롭지 못했다. 아파트 클럽하우스에서는 기념일마다 무료의 작은 이벤트가 있었다. 아파트 안의 시설을 이용하는 것이 리조트 여행 온 것과 마찬가지였다. 클럽하우스에 들러 무료 코코아와 커피를 마시며, 아파트 단지를 산책하며 하루를 마무리하였다.

배가 점점 부풀어 오르고 출산예정일을 다가왔다. 남편이 한국에 면접이 있어 출국해야 한다고 했다. 어린 리사가 걱정이 되기 시작했고 두려움이 생기기 시작했다. 남편은 출국하였고, 면접 당일 안나가 세상으로 나왔다. 처음 부모님을 떠나 친구 집에서 잔 리사는 뭔가 모를 두려움과 동생을 맞이하는 어색함이 보였다. 미국에서 남편 없이 혼자 아이를 낳을지는 상상도 못 했었다. 하지만 미국 병원은 나에겐 천국이나 다름없었다. 친절한 의사 선생님과 병문안 오신 통역 선생님이 차가운 병실을 따뜻하게 녹여 주는 것 같았다.

낙엽이 진 겨울 아파트를 떠나야 하는 순간이 다가왔다. 짐을 먼저 한국으로 보내고 파란 공항버스에 몸을 실었다. 다시는 올 수 없다는 아쉬운 마음에 눈물을 흘리고 있었다. 시련과 고통 속에서 벗어나 정 많은 사람들과 자연을 통해 희망과 행복을 느낄 수 있었던 오크 크릭 아파트가 여전히 그립다.

첫걸음에서 끝걸음까지 700km

엄마로 아내로 강사로서 긍정적으로 살아가는
한보라

◇◇

첫 기억이라는 건 정말 중요한 것 같다. 냄새가 싫어 카레를 못 먹던 내가 처음으로 먹었던 카레는 꽤 맛집으로 유명한 곳이었다. 첫맛에 매료되어 그날 밥 한 공기를 다 먹었고, 이후에는 카레가 좋아하는 음식 중 하나가 되었다.

2006년 7월의 무더웠던 여름날. TV에서 나오는 박카스와 함께하는 '제9회 대학생 국토대장정'의 장면은 신선함 그 자체였다. 완전 무장을 하고, 더운 여름날 행군을 하는 건 군인들만 한다고 생각했던 나의 상상 속 기억을 완전히 깨뜨려주었다고나 할까? 대학생들이 줄을 지어 전국 일주를 하며 희로애락을 느끼는 과정에서 다 같이 노래를 부르고, 웃으며 서로 응원하면서 걸어가는 모습을 보니 내 마음속 무언가를 두드린 느낌이었다. 도전. 열정. 패기. 한계. 성장 뭐 이런 키워드들이 느껴졌다고 말할 수 있다.

'일단 나도 해보고 싶다'라는 목표가 생겼고 고등학생이었던 나는 대학생이 되면 국토대장정이라는 걸 꼭 해야겠다고 다짐했다. 무언가를 보고 하고 싶다는 생각이 강렬하게 온 것은 그날이 처음이다.

20살이 된 2007년 여름날. 국토대장정으로 떠날 설렘에 4월부터 찾아봤다. 박카스는 워낙 유명한 국토대장정이기에 신청했다가 탈락하면 그 한 해

나의 목표를 달성하지 못할까 봐 대신, '국토지기'라는 국토대장정을 알아봤다. 대학생들이 주최하고, 기획하고, 홍보하며 스스로 만들어가는 단체라는 매력에 이끌려 신청하였다. 인당 30만 원이라는 신청비를 내고, 모인 금액으로 27박 28일을 걷기엔 부족했기에 주최하는 대학생 언니, 오빠들은 기획서를 작성하여 한진택배에서 택배차를 후원받고, 대기업에서 생리대까지 후원을 받았다.

지금 생각해보면 대학생들이 직접 기업에 국토대장정의 취지를 전달하고, 후원을 받아 진행하는 게 쉽지 않았을 텐데, 그런 것을 해내던 능력 있는 모습들을 보며, 나도 그런 사람이 되기 위해 노력하며 살았다. 적어도 나에게 그들은 스스로 해내는 능력이 있는 사람이라는 첫 기억이 있었기 때문이다.

살면서 우리가 마주하는 모든 첫 기억들이 다 좋을 순 없을 것이다. 그럼에도 불구하고, 두려움과 막연함이 많은 내가 처음 해보고 싶어서 도전하는 국토대장정이었기 때문에 줄만 지어 걷는 건 싫었다. 의미 있는 발걸음이 되었으면 해서 선발대에 지원하여 28일 동안 깃발을 들고 걸었다. 하루에 길게는 50㎞를 걸으며 온 발바닥과 발가락 사이사이 물집이 잡혔지만, 밤마다 동료들과 바늘에 실을 꿰어 터트리고 다음 날 또 다시 걸으며 함께 도와주고 응원하며 통일전망대까지 완주할 수 있었다.

19살의 강렬한 기억으로 시작된 도전은 35살이 된 지금의 나에게 무엇이든 포기하지 말고 일단 끝까지 해볼 수 있는 원동력을 만들어주었다. 앞으로 살면서 내 아이들이 다양한 첫 기억을 마주하게 될 텐데, 그 기억들이 쌓이고 쌓여 좋은 배양분이 될 수 있도록 오늘도 긍정적이고 행복하게 살자고 말해주고 싶다.

타인의 시선은 성장의 동력이 된다

삶이 글이 되는 일상작가
김주아

◇◇

무리 속에 섞여 있는 듯 없는 듯 스며들어 지내는 나였다. 특출나게 잘하는 것도 눈에 띄게 못 하는 것도 없는 어디에나 있을 법한 그런 아이. 2년 늦게 들어간 대학의 첫 강의 때 교수님께서는 말씀하셨다. "여러분, 선배 중에 지금 장학금을 받는 친구들의 공통점이 있어요. 모두 집이 멀죠. 학교 오는 동안 그 시간을 허투루 보내지 않고 공부를 한다는 점이죠."

그 말씀이 나에게는 새로운 시각을 제시해줬다. 나 역시 집이 꽤 멀어서 집에 가면 반쯤 녹초가 될 지경이었다. 체력이 따라 주지 못했던 내게 좋은 공부 방법이었다. 어린 친구들은 대학 생활의 낭만을 즐기느라 가끔 술도 마시러 다니고 연애도 하느라 바빴다. 내게는 낭만도 사치처럼 느껴진 IMF 시기였을 뿐이다.

여름 방학 중 성적 확인을 위해 오랜만에 학교로 가는 스쿨버스 안. "장학금 같은 것은 누가 받는 걸까?" "그러게. 우리도 장학금 받으면 좋을 텐데!". "야. 장학금은 아무나 받냐?" 다들 한마디씩 했다. 슬쩍 꿈 같은 기대가 내게도 스쳐 갔다. 조용한 교정이 시끌벅적했다. 숨을 헉헉거리며 2층 학과 사무실 앞에 도착했다. 복도에는 먼저 도착한 학우들이 벽에 붙은 공고문을 들여다보고 있었다.

탄식과 기쁨이 뒤섞인 공고문을 향해 떨리는 마음으로 다가갔다. 성적 장학생 10명의 이름이 적혀 있었다. 심장이 멎을 것 같다는 느낌을 알려주기라도 하듯 현실감이 없는 상황에 두 눈을 의심했다. 내 이름이 제일 위에 있었다. 옆에 있던 친구들의 이름도 순서대로 있었다. 모두의 시선이 내게로 집중되자 나는 얼굴이 화끈 달아올랐다. 살면서 받아 보지 못했던 주목의 시선이 좋은지, 싫은지에 대한 감흥조차 오지 않았다.

모두의 축하와 부러움이 섞인 인사를 한껏 들은 후, 간신히 정신을 부여잡고 학과 사무실에 들어가 성적 확인 사인을 했다. 돌아오는 버스는 갈 때와는 사뭇 다른 분위기였다. "그동안 시험 못 봤다고 한 것은 다 엄살이었네!"."야. 내가 장학금을 탈 정도면 다른 애들이 얼마나 공부를 안 했다는 거냐.". "최우수 장학금이면 2학기 등록금은 면제겠다. 와. 좋겠다!"

입학 당시에 가족들은 농담 삼아 "등록금으로 붕어빵 장사라도 하면 어떠냐?"라고 했다. 슬픈 농담을 할 만큼 우리 집은 물론 국가 경제는 위태로움 그 자체였다. 생각지도 못했던 최우수 장학금은 부모님에게도 한시름 놓을 수 있게 하는 효도가 되었다. 장학금에 대한 기쁨과 부담감이 내게는 공부 동력으로 작용했다. 한 번의 우연이 아니라 받을 만해서 받은 장학생이 되고 싶어 안간힘을 쓴 결과 입학금 외에는 학비 걱정 없이 최우수 학생으로 졸업하게 되었다.

타인의 시선은 마약 같은 중독성이 있다. 그 시선을 처음 받았던 나는 그에 합당한 내가 되고 싶었다. 내 인생의 첫 주목을 받았던 기억은 나를 성장하게 하는 불쏘시개가 되었다.

내 사랑 농구와 오빠들

삶애(愛) 진심인 5개월 아이 맘
전애진

◇◇◇◇◇◇◇◇◇◇◇◇◇◇◇◇◇◇◇◇◇◇◇◇◇◇◇◇◇◇◇◇◇

중학교 2학년 아들은 요즘 온라인 게임에 한창이다. 게임 캐릭터 굿즈 판매 이벤트가 있다면서 폭염이 이어지는 날씨 속에 외출 후 땀을 뻘뻘 흘리며 집에 돌아왔다. 아들은 저녁 식사 시간 가족들이 모인 자리에서 낮에 이벤트 행사장에서 있었던 일에 관해 이야기하기 시작했다.

먼저 와서 줄을 선 사람이 200여 명은 더 되어 보였고 자기 뒤로도 한참 동안 사람들이 계속 오더라는 이야기. 원하는 상품이 모두 매진이라 내일은 더 일찍 가서 줄을 서겠다는 이야기. 주말에는 캐릭터의 목소리를 녹음한 성우들이 오기 때문에 사인을 받으러 또 가겠다는 이야기들을 식사하는 내내 신이 나게 풀어놓았다.

도대체 그 이벤트가 뭐길래 이 더운 날씨에 거길 며칠에 걸쳐 가느냐는 잔소리가 턱 밑까지 올라오는 것을 꾹 삼키며. 엄마도 너처럼 그렇게 열정적이던 때가 있었다며 나의 이야기를 하기 시작했다. 이야기하다 보니 내 인생의 두근거리고 설레던 첫 기억을 소환하는 것은 그리 어렵지 않았다.

고등학생 시절 나는 일명 농구장의 오빠 부대였다. 고등학교 1학년 때 시작된 농구에 대한 나의 사랑은 누구보다도 진심이었다. 그 당시 농구와 내가 응원하는 팀의 오빠들은 나에게 전부였고 최고였으니까. 경기장에서 좋아하던 오빠들의 이름을 불러가며 소리치고 응원하는 것은 사춘기 소녀였던 내 삶의 즐거움이었다.

서울에 있는 가전 제품매장에서 팬 사인회가 있다는 소식에 친구와 교복을 입은 채로 한걸음에 달려가 사인을 받아서 들고 오며 행복해했다. 주말이면 선수들이 머무는 숙소 앞에 찾아가 언제 돌아올지 모르는 오빠들을 기다리고 오빠들이 타는 자동차, 오빠들이 신는 신발을 멀리서 바라보며 좋아했었다. 심지어 고3 때는 농구심판이 되어 보겠다며 방학 기간 내내 심판교육을 받으러 하루도 빠짐없이 다녔던 적도 있었다.

농구와 오빠들은 나에게 단순한 스포츠가 아닌 그 이상이었다. 부모님의 불화 속에서 힘들어하며 방황하던 17살 사춘기 소녀였던 나에게 버틸 힘이 되어 주었고, 나의 열정을 확인할 수 있는 수단이었기 때문이다.

나는 조만간 경력이 단절되는 사십 대 중반에 들어선 애가 셋인 아줌마이다. 늦었다고 생각할 때가 가장 빠른 것이라는 명언이 있지 않은가. 그래서 나는 내 안에 잠들어 있는 열정을 흔들어 깨우려고 한다. 그리고 나는 알고 있다. 내 안의 열정을 깨우기 위한 오늘이 무엇이든 시작하기에 가장 화창하고 좋은 날이라는 것과 오늘이 내 생애 가장 빛나고 젊은 날이라는 것을 말이다.

나의 첫 과외 공부

71세에 작가가 된
정연홍

◇◇◇

국민학교 입학하는 날이다. 학교에 간다는 생각보다 엄마하고 같이 외출한다는 마음에 더욱더 신이 났다. 엄마도 일찍 일어나 한복을 곱게 갈아입고 내 가슴에는 하얀 콧수건을 달아 주었다. 들뜬 마음과 함께 엄마 손을 잡고 동네 어른들과 친구들 여럿이 재잘재잘 떠들며 개울에 놓여있는 징검다리를 건너서 산길을 돌아 학교에 갔다.

선생님과 무용하고 친구들 만나는 것보다 엄마하고 같이 다니는 것이 더 즐겁고 신이 났다.

오는 길에 "엄마, 저게 뭐야?"라고 물으면 엄마는 "응. 저건 무덤이야."라고 했다.

"무덤이 뭔데?"라고 다시 물으면 "사람이 죽으면 저렇게 만드는 거야."라며 엄마는 또 대답한다. 그 뒤로도 나는 쉴 새 없이 질문을 퍼부었고 엄마는 그 질문에 모두 상냥하게 대답해주셨다.

엄마와 함께 웃고 떠들며 학교에 오가는 길은 행복했다.

"비행기를 찾아보세요. 빨간색 차를 찾아보세요. 이 차는 불이 나면 불 끄는 소방차에요." 이렇게 배우다가 서울로 이사를 하게 되었다.

오순도순 정답게 지내던 고향을 떠나는 날.

보내는 사람. 떠나는 사람 서로가 울면서 헤어져 눈 뜨고 코 베인다는 서울로 왔다.

전학을 하려고 서울학교에 가니 선생님이 "학생이 글씨를 쓰고 읽을 줄 알아요?" 하고 묻자 아버지가 "모르는데요." 하니 선생님이 "한글을 모르면 차이가 나서 안 돼요. 다들 글을 아는데 혼자 모르면 따라갈 수가 없으니 내년에 입학시키세요." 하시는 말을 듣고 집에 와서 아버지의 과외 공부가 시작된 것이다.

아버지는 달력 뒷장에 1~100 숫자 일부터 백까지. 다른 한 장에는 'ㄱㄴㄷ ㅏㅑㅓㅕ 가나다라' 글씨를 자음과 모음을 써놓고 발음에 따라 읽고 맞추는 한글 공부를 시작했다.

어머니. 아버지를 찾다가 못 찾고 가만히 있으면 엄마가 글자 있는 곳에 골무(바느질할 때 손가락에 끼우는 것)를 던지면 알아맞히고 아버지가 내는 더하기. 빼기 문제는 숫자가 많아질수록 엄마 아버지 내 손. 부모님의 손가락과 내 손가락. 발가락까지 하나하나 세어서 맞추는 것이다.

저녁이면 셋이서 손과 발을 다 모았다가 내리기도 하고 발은 수건으로 덮어 감추기도 하면서 숫자 공부를 했다.

가끔씩 아버지가 손가락을 감추어서 답이 틀리면 다시 세어보라고 하셨고 세다가 감춘 손가락 찾으면 나는 떼를 쓰고 울고 아버지는 빙그레 웃고 있었다.

엄마가 나를 안아서 달래주고 했던 것이 엊그제 같은데 엄마. 아버지. 그 어린아이는 지금 없다. 희미한 기억 속에 옛이야기가 된 것이다.

여의도 퀸에서 주부 퀸으로

강사로 주부로 멋진 인생을 살고 싶은
박정녀

◇◇

공직생활 43년. 자랑스러운 정년퇴직을 한 여의도 퀸이다. 여의도 퀸에서 주부 퀸으로 제2의 인생을 시작한다. 당당한 주부 퀸으로 시작해보지만. 집안 살림과 요리가 나에겐 암벽 등반처럼 어렵다. 어렵다면 배우면서 한 걸음씩 발걸음을 떼어 보자.

경기도생활기술학교에서 한국전통음식전문가과정을 신청하여 배우고 있다. 칼질부터 내가 아는 것과는 다르다. 채썰기부터 해보지만. 생각처럼 만만치는 않다. 두 달이 되어가니 칼질이 달라졌다. 이제는 교수님께서 말하면 바로 알아듣는다. 매일같이 실력이 늘고 있다. 한가지씩 배울 때마다 즐겁고 행복하다. 온종일 서서 배우지만 힘든 줄 모르고 배우고 있다.

한국 전통 요리 중 한 가지 소개해 본다.

〈맥적구이〉
맥적은 고구려부터 전래 되던 전통 불고기 종류 중 하나이다. 고구려의 민족 중 '맥적'이라는 부족이 된장을 써서 맛있게 만들어 먹는다고 중국의 수신기에 기록되어있다. 이후 조선시대에 이르러 궁중에 임금님 수라에도 오르면서 체계적으로 정형화된 음식이다.

재료: 돼지고기(목살) 400g, 부추 70g

양념장: 된장 3큰술, 다진 마늘 1큰술, 설탕 2큰술, 맛술 1큰술, 참기름 1큰술, 물 2큰술, 후추 약간

부추생채: 부추 30g, 식초 1큰술, 고춧가루 1큰술, 간장 1큰술, 설탕 1작은술, 참기름 1큰술

① 돼지고기는 기름기를 제거하고 잔 칼집을 넣어준다.

② 부추는 길이 0.5cm 정도로 짧게 잘라준다.

③ 양념장을 만들어 부추를 넣어 숨을 죽인다.

④ 손질한 고기에 양념장을 발라 재워둔다.

⑤ 팬이 달구어지면 중간 불에서 구워준다.

⑥ 부추를 썰어 식초, 고춧가루, 간장, 참기름을 넣어 양념하여 고기에 곁들여 놓는다.

내가 만든 요리 너무 맛있다. 박장금이가 된 기분이다.

43년 동안 국회에서 행정 및 비서, 편집업무를 담당하면서 위원회회의 지원업무를 했다. 여의도 퀸이라고 자부심과 긍지를 가지고 근무하다가 이제는 주부 퀸으로 탈바꿈하고 있다.

주부 일이라 쉽게 생각했는데 아니다. 주부 일이 훨씬 더 힘들고 대단하다. 보기에는 쉬워 보였는데, 직접 해보니 위대하다는 생각이 든다. 친정엄마의 '맛깔스러운 물고기 매운탕'의 지혜와 위대함에 박수를 보내드린다.

귀한 줄 모르고 50년 동안 받아먹었다. 이제야 해드리려고 하니 이 없는

엄마는 드실 수가 없다. 맛볼 수도 없다. 세월은 기다려 주지 않는다는 말이 실감 난다.

평생 직장생활만 했던 '여의도 퀸'인데 잘 할 수 있을까? '주부 퀸'으로 인생 2막을 멋지게 살고 싶다. 여의도 퀸에서 주부 퀸으로 도전한다.

삶과 여행의 질을 바꿔놓은 크루즈 여행

크루즈 여행 하며 놀고먹는 부자, 놀부언니
김민숙

◇◇◇

"와! 어머머머~ 아니, 세상에 이런 곳이 있다고?"

"여기가 어디야? 진짜 배 맞아?"

나는 떡 벌어진 입을 다물지 못했고 감탄을 금할 수가 없었다.

2019년 우연히 크루즈 여행이란 걸 알게 되었다. 그동안은 크루즈 여행 하면 막연한 꿈이자 노후에 나이 들어서 가는 그런 여행이라고만 생각했다. 비싸서 나는 아직 갈 수 없는 여행. 이 금액으로 가능한가 싶은 단돈 80만 원에 크루즈 여행을 예약했다. 드디어 여행 당일. 의구심 가득 안고 떠난 여행은 현실이었다.

지하철이 목적지에 도착했다. 안내표지를 따라 조금 걷다 보니 저 멀리 배 한 척이 눈에 들어온다. '저 배인가 봐?' 하는 마음도 잠시 길 따라 한참을 걸었다. 탑승할 배가 점점 눈앞에 가까워졌고 그 웅장함에 심장이 요동치기 시작했다.

크루즈 터미널을 통과해 갱웨이를 지나간다. 입구에서부터 시끌시끌한 음악이 울려 퍼지고 있다. "웰컴 kim"을 외치며 승무원들이 우리를 격하게 맞아준다. 환영 음악에 맞춰 나의 어깨도 들썩이며 기분이 한껏 달아올랐다. 승무원들과의 격한 인사를 뒤로하고 내부로 들어서니 나의 입은 다물어지지가 않았다. 웅장한 샹들리에. 고급스러운 카펫. 화려한 조명들까지 이곳이 배라는 것이 전혀 믿어지지 않았다.

'붕~' '붕~'

출항을 알리는 기적 소리에 잠이 깨었다. 발코니 문을 열고 썬 베드에 누웠다. 4월 하늘은 구름 한 점 없이 맑았고 출항한 배는 미동조차 없다. 지그시 눈을 감고 한참을 사색에 잠긴다. 곧 저녁 시간이라 예쁜 옷으로 갈아입고 식당으로 향했다. 식사는 호텔 그 이상을 자랑했다. 식사가 끝나면 수준 높은 공연을 봤다. 한국에서 내 돈 주고도 보지 못할 공연이었다. 늦은 시간 클래식한 음악이 흘러넘치는 바에 앉아서 칵테일 한 잔을 기울이며 수다를 떨었다.

아침에 눈을 뜨면 망망대해 한가운데 따뜻한 햇살이 나를 깨웠다. 아침과 점심은 언제든 마음껏 즐길 수 있는 뷔페 레스토랑으로 가서 식사를 즐겼다. 바다를 바라보며 수영을 즐기다가 시원한 맥주도 한잔하고, 잠시 쉬고 싶을 때는 썬 베드에 누워 책을 읽기도 했다. 저녁이면 멋진 레스토랑에 가서 식사를 대접받고, 고급스러운 공연도 본다. 꿈같은 밤을 보내고 눈을 뜨면 다음 날 다른 나라. 다른 도시에 도착해 있다. 내가 짐을 싸서 돌아다닐 이유가 없었다.

이것이 바로 일탈이다. 나는 크루즈 여행만 한다. 아무것도 하지 않을 자유와 무엇이든 할 수 있는 자유가 있어서 좋다. 크루즈 안에서는 매일이 크리스마스 같은 축제다. 그렇게 나의 첫 크루즈 여행이 나를 일 년에 3~4번씩 크루즈 타는 사람으로 만들었다. 크루즈 여행을 통해 삶과 여행의 질이 달라졌다.

나의 인생의 시작 '엄마'

두 아이의 엄마가 된 김순희 여사의 딸

강정순

◇◇◇◇◇◇◇◇◇◇◇◇◇◇◇◇◇◇◇◇◇◇◇◇◇◇◇◇◇◇◇◇◇◇◇◇◇◇

'처음'이라는 말은 왠지 모르게 사람의 마음을 설레게 만드는 특별한 힘이 있다. 처음 만난 사람. 처음 해보는 일. 처음 방문한 곳 모두 처음이라는 말 때문에 첫사랑 같은 달콤함이 느껴진다. 처음이 있었기 때문에 두 번째, 세 번째가 있고 수많은 경험을 간직한 지금의 내가 있는 것이 아닐까? 나의 가장 처음 기억은 무엇이었을까? 오늘은 지금의 나를 있게 해줬던 그 첫 번째 기억으로 추억 여행을 떠나보려고 한다.

내가 이 세상에 태어나서 처음으로 만난 사람은 바로 우리 엄마다. 갓 태어나 말도 할 수 없고 눈도 아직 덜 여물어 제대로 보이지도 않았을 나는 온 힘을 다해 나를 낳고 지쳐 있던 엄마에게 어떻게 보였을까? 잘 기억이 나지는 않지만 희미하게 햇살 같은 미소가 떠오르는 듯하다. 어린 시절의 나는 울보였다고 한다. 그래서 우리 엄마는 항상 목청껏 울어대는 나를 들쳐 없고 집 대문 밖에서 서성였다고 한다. 특히 잠자리에 들 저녁 시간 안 그래도 크던 목청은 더 커지곤 했다고 한다. 막 아이를 낳고 지쳐 있던 엄마는 미처 쉴 틈도 없었을 것이다.

이제 두 아이의 엄마가 된 나는 엄마가 나를 처음 만났을 때 심정을 헤아려 본다. 내가 우리 아이들을 처음 만났을 때처럼 설레면서도 동시에 알 수 없는 가슴 먹먹함이 있었을까? 아마도 내 몸에서 나온 어린 생명체를 오롯이 키워내려는 마음뿐이었을 것이다. 나의 첫 옹알이. 첫 배밀이. 첫 걸음마 그리고 첫 언어까지 모두 기억하고 있는 엄마는 나를 꼭 닮은 첫째 손주를 키워주시면서 당신이 나를 키우시던 20대로 돌아간 것 같다며 환하게 미소를 지었다. '아마도 저 미소였겠지.' 엄마의 미소와 어린 시절 내 기억 속에서 희미한 엄마의 얼굴이 서로 겹쳐진다. 그때는 주름도 흰머리도 없이 곱고 젊은 새댁이었겠지만. 그래도 저 미소만은 그때도 지금도 그대로일 것이다.

우리 엄마의 다른 이름은 '해결사'다. 어디선가 '강정순'에게 무슨 일이 생기면 어김없이 나타나서 그 문제를 해결해주기 때문이다. 직장을 다니면서 두 아들을 키우고 있는 딸이 힘이 들까 봐 하루도 빠짐없이 언덕길을 넘어 우리 집으로 출근하시는 엄마는 '슈퍼우먼' 그 자체다. 그 모습은 어린 시절 진자리 마른자리 갈아 뉘시던 그 모습과 여전히 닮아있다. 마흔이 넘어서도 나는 엄마에게 여전히 품 안의 자식이다. 가족여행을 갔다가 돌아올 때면 남편과 아이들은 깨끗이 청소된 집을 보며 외친다. "우렁각시가 다녀갔네." 그렇게 엄마는 지금도 사랑이 마르지 않는 샘물처럼 나에게도 손주들에게도 같은 미소로 첫사랑을 베푸신다.

'해결사', '우렁각시', '슈퍼우먼' 가진 이름도 많은 우리 엄마는 나의 인생의 시작이자 내 인생 그 자체. 나의 모든 것의 시작이다.

내가 나를 만나는 시간

발효시인
이가희

◇◇

머리를 얻어맞은 것 같은 큰 울림을 주는 나의 첫 기억은 자아 성찰 프로그램 '랜드마크 포럼'이었다. 이 포럼을 권한 친구는 나에게 이렇게 말했다.

"죽을 때까지 내가 나를 만나지 못하고 죽는 사람들이 대부분이다. 나를 만나는 시간을 가져보길 권한다. 내가 나를 만나 자신이 얼마나 거대한 잠재적 자산을 가진 사람인지 발견하는 시간을 가져보길 바란다."

포럼은 3일 동안 오전 9시부터 밤 11시까지 하루 14시간 이상 진행되었다. '기탄잘리'라는 인도 출신 여성이 포럼을 이끌었다. 리더가 영어로 말하고 통역을 해줬다. 애써 영어를 들어보려고 노력했는데 인도식 발음이라 힘들었다. 문제는 한국어 통역이 더 어려운 경우가 많았다. 이해했느냐고 손 들어보라고 할 때마다 많은 사람이 손을 드는 것을 보면 역시 내가 얼마나 이해력이 떨어지는지 알 것 같았다. 눈치 보느라 몇 번은 이해되지 않아도 손을 올렸다.

깜짝 놀랐다. 얼마나 많은 사람이 상처와 갈등 속에서 살아왔는지 첫날부터 마음을 열고 적극적으로 앞에 나와 자신의 삶을 구속하는 상처들을 토해냈다. 단편적인 스토리였지만 그들의 상처에 공감이 되었고, 뭔가 발견하고 깨달았다고 울 때마다 박수를 보냈다.

어린 시절 성폭행을 당하여 가슴에 안고 있었던 상처. 작은 말 한마디가 싸움의 불씨가 되어 쌍둥이 동생을 25년이나 단절하고 살았던 사람. 결혼

후에 자신의 친모가 따로 있다는 사실을 알고 엄마가 왜 자신을 미워했는지 알게 되었다는 사람. 그러나 이제는 그 어머니의 마음을 알 것 같다는 사람. 그렇게 마음이 아픈 사람들이 모여 자신의 삶을 돌아보고 자신을 만나고 있었다.

순간적으로 그들이 상처를 보면서 나는 내가 얼마나 행복한지 느낄 수 있었다. 내가 가진 것을 내가 만족하지 못하고 있는 나를 발견했다. 그래도 나는 누구인가?의 질문이 완성되지는 않았지만. 이 3일간의 포럼이 진행되는 동안 사람들의 관계를 버리지 못하고 끌어안은 채 감옥에 갇혀 있는 내가 보였다.

어린 시절 발생한 하나의 사건이 내 인생에서 내려놓지 못하면 못한 만큼 나를 지배하고 옥죄고 있는지 깨닫는 순간이었다. 나도 내려놓을 것들이 많다. 이런 짐에서 나를 내려놓으려고 나를 만나는 시간을 더 가져야겠다는 것을 포럼이 진행되는 동안 알게 되었다. 큰 성과다. 밀려오는 허리 통증을 참으며 내가 안고 있는 그 신의도 없는 '그깟 관계' 버리기로 했다.

버리면 가벼워진다는 것은 익히 알았던 사실이다. 실천이 문제였다. 지금까지 맺어 온 인연을 버리면 더 큰 외로움과 공허함이 찾아오겠지 생각했는데. 아니었다. 그런 것들이 진정한 나를 만나지 못하게 하는 방해 요소일 뿐이었다. 그들이 나를 떠나는 것이 아니라 내가 그들을 떠나는 것이다. 두려울 것 없다. 새로운 관계는 바로 이 순간 태어나는 것이니까.

폭우가 그친 밤하늘에 북두칠성이 선명하게 보인다. 그 까만 밤하늘을 향해 손전등을 잠시 비춰본다. 오늘은. 저 별처럼 아무 때나 밤하늘을 올려다보면 이정표가 되어주는 그런 내 안의 나를 모처럼 만났던 그 선명한 첫 기억이 떠올려본다.

눈을 감아도, 숨을 들이켜도
떠오르는 그 기억!

과천시의회 시의원
우윤화

◇◇◇◇◇◇◇◇◇◇◇◇◇◇◇◇◇◇◇◇◇◇◇◇◇◇◇◇◇◇◇◇

가끔 맑은 하늘을 올려 본다. 몽실몽실 흰 구름과 구름 사이로 빛 내림이 장관이다. 그리고는 눈 부신 햇살에 실눈을 살포시 감아 본다. 그러면 어김 없이 떠오르는 장면이 있다.

시골 어디쯤일까? 싱그러운 풀 내음 가득 풍길 것 같은 청아한 초록의 풀들과 고즈넉함이 가득한 평온함과 솔솔바람에 살랑거리는 올망졸망 앙증맞은 이름 모를 들꽃들이 눈 앞에 펼쳐진다.

거기엔 이마에 깊게 골이 패고, 햇볕에 그을린 구릿빛 피부. 그리고 곱게 쪽을 진 흰머리의 우리 할머니가 계신다. 가끔 일상에 지칠 때 눈을 감으면 펼쳐지는 그 아늑한 장면이 나를 위로한다. 아마도 내가 지치지 않고, 힘들어도 이겨 낼 힘은 나의 사랑스러운 그 기억 때문이리라 믿는다.

그 기억은 내가 초등학교 들어가기 전 시골 할머니에게 맡겨졌을 때 생긴 것이다. 할머니 댁에서 지내던 그 시절의 기억들이 40여 년이 지난 지금도 눈을 감으면 펼쳐지고, 가끔 숨을 크게 들이켜도 그려진다. 기분이 우울해도 그 기억으로 다시금 입가에 미소를 머금을 수가 있고, 기분이 바닥을 쳐도 다시금 툴툴 털고 일어설 수 있는 것은 그 기억 때문이다.

86

할머니 손을 붙잡고 들로 나물을 캐러 가고, 산으로 나무를 하러 가고, 어린 손녀를 앉혀놓고 일하시면서도 할미꽃에 대한 전설을 이야기해주시고, 이 나물, 저 나물 어디에 좋은지 어떻게 해서 먹는가에 관해 이야기해주시고, 마을에 세워놓은 장승들에 관한 이야기며, 전설의 고향을 능가하는 옛날이야기며 이런저런 이야기들을 한없이 해주셨던 할머니에 대한 기억도 늘 나의 마음을 따뜻하게 해준다. 할머니에게 나는 아직도 6살 손녀이고, 7살 개구쟁이며 '할미 손은 약손, 윤화 배는 똥배'의 주인공이다.

꽃반지 만들어 끼고 꽃팔찌와 꽃목걸이로 한껏 치장하고, 꽃 화관에 신랑 신부 놀이도 하고, 토끼풀들 틈에서 네 잎 클로버라도 찾는 날이면 온 동네 떠나갈 듯 소리치며 깔깔거리던 그 시절의 기억들이 요즘같이 정신없는 속도로 발전하는 시대에 잠시 나의 발걸음을 쉬게 한다.

매미 울음소리가 한여름의 햇살을 더 뜨겁게 해주는 어느 날, 평상에 누워 졸다 깨다 하는 나를 위해 덥지는 않을까 넓적한 부채를 쉬지도 않고 한없이 부쳐주시며 이마를 쓸어주시던 할머니의 거친 손의 느낌이 아직도 생생하다. 다른 기억들은 잘 잊어버리면서 왜 그 시절 그 기억들은 눈을 감아도, 숨을 들이켜도 이리도 생생하게 펼쳐지는지 모르겠다.

참 이상하다. 그렇게 포근하고 사랑스러운 기억에 가끔은 미소를 머금은 나의 볼을 타고 눈물이 흐른다. 그 향기로운 기억에 가슴이 먹먹해질 때가 있다. 이것은 너무 행복할 때 나오는 눈물이며, 너무 그립고, 너무 보고파 나는 눈물일 것이다.

나는 내 인생의 첫 기억을 물어본다면 너무 잔잔하고, 따스하고 사랑스러운 그 기억을 이야기할 것이다. 아주 힘들 때마다 그 기억의 힘으로 다시 딛고 일어서 힘을 낸다고 말할 것이다. 그리고 어린 시절 개울가에서 아이들과 물장구치며 해맑게 웃던 웃음소리가 아직도 귓가에 맴돌기에 늘 웃을 수 있다고 말할 것이다.

누구도 가져갈 수 없고, 누구도 훼방 놓을 수 없는 그 기억이 나의 가장 큰 행복임에 감사하다. 지금도 나의 입가엔 미소가 지어지고, 나의 눈에는 그렁그렁 행복의 눈물이 맺힌다.

무조건적인 사랑의 언어 '그냥'의 힘

진정한 내가 되는 길, 치유와 성장의 길로 함께하는
교류분석상담전문가

강경희

◇◇◇◇◇◇◇◇◇◇◇◇◇◇◇◇◇◇◇◇◇◇◇◇◇◇◇◇◇◇◇◇◇◇◇◇◇◇

오래전 어릴 때 사진첩을 보다 순간 찢어 버리고 싶은 아이를 발견했다. 볼이 터져나갈 만큼 통통하고, 짤막하고 튼실한 다리. 빛이 바랜 누런 슬리퍼를 신고 아빠랑 장미꽃밭에 서서 수줍게 미소를 짓고 있던 아이.

그럼에도 불구하고 "그냥 이 세상에서 우리 경희가 제일 예쁘고 멋지다." 며 어린 시절 할아버지께서 늘 하시던 말씀이 내 기억 속엔 뚜렷하다.

그냥 당신의 손녀라서 예쁘고 멋졌던 거다. 장남 장손이었던 2살 위 오빠보다도 더 귀한 사랑을 받은 나. 늘 온화한 미소로 내 이야기를 많이 하게 해 주셨고, 언제나 내 편이 되어주신 멋진 분이셨다. 온전히 나를 있는 그대로 지지해 주셨던 할아버지 덕분에 내 안 깊은 곳에 자존감이 자리매김할 수 있었다.

학교 기능직 공무원을 하셨던 아빠와 그런 아빠를 도와 함께 밭일과 바다일로 늘 바쁘셨던 엄마는 내가 공부를 잘하거나, 상을 받아 올 때, 할 일을 알아서 척척 해내고, 동생을 잘 볼 때면 칭찬을 아낌없이 해주시곤 하셨다.

늘 칭찬받기 위해 애쓰던 내가 아무 준비 없이 고등학생이 되었다. 매시간 쭉쭉 나가는 진도에 덜컥 겁이 났다. '넌 안 돼. 넌 못 해. 다들 학원에서 예습하고 와서 너보다 잘할 거야.'

내 안의 부정적인 목소리가 점점 커지더니 어느 날 심한 감기와 함께 블랙독이 찾아왔다. 이제껏 결석 한번 않고 즐겁게 다녔던 학교가 가기 싫어졌다. 아침에 일어날 수도 없었다. 부정적인 생각이 꼬리에 꼬리를 물었다. 자도 자도 계속 잠이 오고, 입맛도 잃고, 아무것도 할 수 없을 만큼 무기력해졌다. 이렇게 사느니 그냥 죽는 게 더 낫겠단 생각마저 들었다. 깜깜한 터널 속에 갇힌 기분. 하루가 1년처럼 길게 느껴졌다.

문득 나 있는 그대로를 인정해 주고 지지해 주시던 고향에 계신 할아버지, 할머니가 보고 싶었다. 그냥 할아버지와의 추억이 가득한 섬에만 가면 우울증이 거짓말처럼 나을 것만 같았다. 그렇게 조금씩 회복하고 적응하며 고등학교 또한 내신성적도 상위권을 유지하며 졸업을 했다.

어려운 살림에 의대 진학의 꿈을 접은 오빠 덕에 나도 지방의 국립대학교에 갔다. 교사와 공무원 임용시험을 고민하다. 교육학이 처음으로 들어간다는 소식에 지방 교육행정직에 도전했다. IMF 시기 높은 성적에다 교육청 첫 발령 소식은 부모님에게 큰 기쁨이었다.

3개월이 지나자. 내가 왜 이 자리에 있는지. 왜 이 일을 해야 하는지 도대체 알 수가 없었다. 자존감이 바닥을 칠 때쯤 두 번째 블랙독을 경험했다. "출근하려면 도살장에 끌려가는 소 같은 기분이야."라는 말을 달고 살았다.

힘들어하는 나에게 남편은 평생 잊지 못할 선물을 안겨주었다. "그냥 앞으로 하고 싶은 일을 해 봐. 내가 도와줄게." 6개월만 견디면 7급이 된다는데도 아랑곳하지 않고 만 5년여 만의 직장생활을 끝냈다. 2003년 봄. 눈부시게 활짝 핀 벚꽃들이 내 마음을 다시 설레게 했다.

진정한 나를 찾고 싶었다. 내가 뭘 좋아하고 잘하는지. 진정 뭘 하고 싶어하는지를 알고 싶었다.

그 후 20년이 지났다. 나를 옭아매는 '기쁘게 하라', '열심히 하라', '완벽하게 하라' 드라이버에 갇혀 적성에 맞지 않는 일을 평생 하다간 그 어떤 삶의 의미도 발견할 수 없으리란 내면의 울림이 이끌었음을 잘 알게 되었다. 대학생인 두 딸과 남편과 함께 웃는 일이 더 많아졌다. 나 있는 그대로를 인정하고 수용하며. '그냥' 내가 좋은 내가 되었다.

'죽음', '死'의 순간에 '生'을 꿈꾸다

어제보다 한 발 더 내딛는 사람
남채화

◇◇

몇 해 전. 나를 딸처럼 키워주시던 셋째 이모께서 돌아가셨다. 고통스러운 항암치료를 홀로 견뎌내느니 살고 싶은 대로 살다 가겠다고 고집을 피우셨다. 나를 딸처럼 키워주신 분이라 여러 차례 설득했지만 결국은 이모의 삶이니 나는 질 수밖에 없었다.

늘 두려웠다.

'죽음'이라는 단어는 내겐 아직 너무 낯설고 두렵다. 무서웠다. 언젠가는 있을 나의 죽음도 당연히 두렵고 무서웠지만 내가 사랑하는 사람들의 죽음을. 그 상황을 내가 잘 받아들일 수 있을지.

사실 내 마음 깊은 곳의 진심은 이러했다.

'너무 무서워서 그 순간을 피하고 싶으면 어쩌지? 내가 너무 힘들어지지 않을까?'

가을이 되어 나뭇잎들이 힘없이 떨어지던 그쯤. 내가 두려워하던 그 일이 일어나고야 말았다.

힘없이 떨어진 낙엽 같은 노인이 침대에 힘없이 누워있었다.

"이모, 저 왔어요!"

흐릿하던 회색빛 눈동자가 갑자기 까맣게 선명해졌다. 내 말을 들으신 걸까 생각하던 순간. 그 선명하고 생기있는 눈동자가 다시 힘을 잃었다.

수간호사님이 나를 보며 나지막이 말씀하셨다.

"원장님 모셔서 올게요."

갑자기. 꾹꾹 누르고 있었던 눈물이 터졌다.

이모의 눈을 감겨드리고 뺨을 어루만지고, 볼에 마지막 인사로 나의 입술을 대어봤다. 손과 발을 주물러 드렸다. 무섭지도 않았고 두렵지도 않았다. 나의 온기를 모두 드리고 싶은 마음뿐. 이모는 그냥 내가 사랑했던, 나를 사랑해주셨던 그 모습 그대로였다. 이모와의 행복했던 추억들이 마르지 않는 눈물처럼 흘러나왔다.

아! 난 얼마나 사랑받는 사람이었던가!

타오르는 불꽃 속으로 사라지는 이모의 마지막이 내 사랑하는 이의 '첫 번째 死'의 기억으로 남았다. 우리 이모는 내가 당신의 죽음을 맞이할 '나의 힘듦'을 걱정하고 있었다는 것을 알고 계셨을까? 나를 보시려고, 힘들어하지 말라고, 사랑하는 나를 위해 마지막 힘을 내어주신 것은 아니었을까? 死의 순간에도 사랑을 표현할 기회를 주시고 후회하지 않을 힘을 주셨다. 生의 순간순간도 아낌없는 사랑을 주셨듯이 말이다.

나는 나의 죽음의 순간이 어떤 모습일지 생각해본다. 나를 사랑해주고 기억해 줄 이들에게 나의 죽음이 서로의 행복했던 추억을 돌아보는 시간이 되기를 바란다. 그래서 '死'의 순간은 두렵고 무섭고 피하고 싶은 일이 아니라. 망자를 목메는 슬픔으로 보내지만. 다음의 행복한 '生'으로 다시 나아가는 또 다른 시작이기를.

오늘도 나는 행복한 추억을 만들기 위해 부지런히 하루를 시작해본다.

꽃의 이름

장정이

◇◇

이 글은 부부의 인연으로 서로를 존중하기 위한 노력의 일환이다. 처음도 끝도 꽃이었던 서로를 인정하기 위한 글을 쓴다는 것은 변화를 위한 약속일 것이다. 삶 속에서 결혼이라는 중대한 선택을 하게 된다. 결혼 생활은 먹구름을 만난 것처럼 우울하거나 후회스럽기도 하고 비가 그친 맑은 하늘처럼 만족스럽기도 하다.

2004년 5월 1일. 25살 생일날이었다. 친구들 모임에서 남편과의 '첫 만남'이 이루어졌다. 테이블 구석 조용히 존재를 드러내지 않던 그의 모습이 자꾸 눈에 들어왔다. 운동을 하게 된 계기가 궁금해 묻자 자전거 얘기를 들려주었다. "초등학교 시절 자전거가 너무 갖고 싶었어요."로 시작한 이야기로 자연스러운 만남이 이루어졌다. 운동선수인 그는 큰 체구에 유머 감각이 풍부했다. 특히 그만의 수줍음과 부드러움이 배어 있었다. 처음 손을 잡았을 때의 기억은 아직도 생생하다. 그의 손은 따뜻한 난로 같았고 더 가까이 가고 싶어질 정도로 포근했다. 어린 시절 아빠의 무릎에 앉아 예쁨을 받았던 날처럼 순수한 마음의 설렘을 느꼈다.

엄마는 몸이 좋지 않아 병원 입·퇴원을 반복했다. 병원 엘리베이터 문틈 사이 검은색 비닐봉지를 든 엄마의 모습이 눈에 들어왔다. "인사드려. 우리 엄마야." 엄마와 그는 엘리베이터 안 '첫 만남'이 처음이자 마지막이었다. 온종일 마음의 비가 내렸다. 중환자실에 누워있는 엄마의 모습을 보자마자 펑펑 울었다. 인공호흡기 기계음 소리에 맞춰 "엄마, 미안해. 엄마, 미안해."를 수십 번 말했다. 마지막 순간까지 엄마의 대답을 듣지 못했다.

깊은 동굴 속 움츠러든 마음을 알아주는 내 옆에 그가 있었다. 그래서 하루하루를 살아갈 수 있었다. 이런 '그'의 노력을 까맣게 잊고 살았다. '그'가 변했다고 생각했지만, 어느 순간 내가 변했다는 것을 인정하게 되었다. 잘 해석하는 방법만 안다면 세상을 행복하게 살 수 있는 것 같다.

2008년 3월 우리는 결혼하게 되었다. 3년의 연애로 서로를 잘 알고 있어 행복한 부부생활을 누릴 거라고 확신했지만, 넘어야 할 선과 도전들이 많았다. 넘어지고 일어서기를 반복한 후 잠시 휴전까지 하게 되었으니 말이다. 서로의 자존심만 높아져 팽팽했던 시절이었다. 듀발의 '가족생활주기 발달과업'에서 다음 단계의 '과업'을 수행하기 위한 성장의 시간이었다고 말하고 싶다.

코로나 여파로 사업 운영에 어려움이 생겼고 가정경제에도 큰 위기가 왔다. 재난 이후, 남편의 모습이 새롭게 보이기 시작했다. 20대 후반부터 대기업에 맞먹는 월급을 받고 있었던 그가 생계유지를 위해 배달 일을 하기 시작했다. 좌절 속에서도 삶에 대해 감사할 줄 아는 그의 모습은 새로운 꽃이 되어 나에게 왔다. 남편에게는 내가 없는 삶의 원천이 있다. 그 덕분에 사업이 재개되고 가정도 안정을 되찾게 되었다.

인생에서 가장 행복한 시간의 아침을 맞이하며, '희로애락'을 함께 하면서 다시 새로운 꽃으로 피어나게 될 것이다.

우리 아버지의 위대한 유산은
자존감이었다

한국자존감심리협회장
허채원

우리 아버지는 학식이 높지도, 많이 배우시지도 못한 시골 촌부이시다. 내륙이긴 하지만 부안항과 곰소항이 인접해 있어서인지 아버지는 생선을 짐 자전거에 떼어와 각 소매점에 갖다주는 일을 하셨었다.

봄에는 조기 새끼를 떼어다 파셨는데 팔다 남거나 너무 작아서 상품 가치가 떨어지는 조기는 젓갈을 담기도 하셨다. 그 유명한 황석어 젓갈이 사실은 팔다 남은 조기 새끼로 만든 것이었다. 황석어 젓갈의 생명은 소금이다. 어떠한 소금으로 간을 치고 간의 양이 얼마큼인가에 따라 명품 젓갈이 나오기도 하고 저품 젓갈이 나오기도 한다.

우리 집 명품 황석어 젓갈의 준비는 11월 말부터 12월 중순에 소금이 들여오는 것부터 시작한다. 지푸라기로 만들어진 소금가마니가 들어오면 아버지는 기다란 홈이 파진 대나무로 일일이 소금을 검수하는 작업을 하신다. 소금의 빛깔이 고운지 맛은 적당한지 등을.

소금 맛은 짜다? 맞는 말이다. 하지만 좋은 소금 맛은 처음엔 짜나 뒷맛이 달큼하니 맛있다. 고운 빛깔의 하얀 소금 그리고 첫맛은 짜나 뒷맛은 달큼한 소금만이 황석어 젓갈을 담는 최적의 소금이다.

아버지의 기준에 부합되고 아버지가 직접 간을 쳐서 만든 황석어 젓갈이다 보니 아버지의 젓갈에 대한 자부심은 대단했고 전라도 일대의 우리 집

황석어 젓갈이 꽤 인기도 있고 인정도 받았다.

이런 아버지 밑에서 자란 탓인지 나 또한 내가 하는 일에 기준이 있으며 그 기준에 부합되지 않으면 하지 않는 편이다.

초등학교 1학년 소풍 갔을 때의 일이다. 점심을 먹고 보물찾기를 하는 시간에 아버지 지인이신 6학년 조금용 선생님이 나에게 보물찾기 종이를 하나 건네주셨다. 그 종이에는 '공책 3권'이라고 적혀있었고 잠시 후 보물찾기 종이에 적힌 대로 상을 주면서 장기자랑인 노래를 시키셨다. 나는 "학교 종이 땡땡땡"을 부르다 대성통곡을 하였다.

"선생님, 제가 찾은 거 아니에요. 6학년 선생님이 찾은 거 주셨어요."

지금 생각하면 웃음이 나지만 그때는 나름 심각했고 내가 하지 않은 것을 마치 내가 한 것처럼 상을 받는 거 또한 마음이 불편했을 것이다.

"정도가 아니면 하지 말아라. 우리 막내는 그런 아이가 아니다. 아버지는 너를 믿는다."

아버지의 이 말이 세상을 살면서 내 삶의 기준이 되었다.

내 인생의 첫 경험. 내 아버지의 삶의 기준.

나는 아버지의 삶의 기준을 통해 자존감을 배웠으며 올바르게 나를 사랑하고 아픈 사람들을 보듬고 아우르는 그런 사람이 되었다. 내가 한국자존감심리협회를 만들고 매일 아침 오늘의 따뜻한 말을 세상에 전하는 이유는 살아가면서 사람들과의 관계 속에 상처받은 사람들에게 내가 얼마나 멋지고 소중한 사람인지를 깨닫고 그분들에게 따뜻한 작은 손을 내밀고 싶어서 시작하였다.

오늘도 나는 상처받은 사람들에게 공감과 위로를 전하는 오늘의 따뜻한 말, 오따말을 전하고 있다.

어머니가 키워 준 꿈

소녀 감성 수필가
김선경

◇◇

초등학교 4학년 때의 일이다. 하루는 동화책을 팔러 다니는 아주머니가 우리 집에 방문하셨다. 나는 그 아주머니가 가져온 책을 호기심을 가지고 보았다. 그런 모습을 본 어머니께서는 선뜻 동화책을 사주셨다. 사실 당시 우리 집 형편상 그 전집을 사주는 것이 그리 쉬운 결정이 아니었으리라.

그 전집은 당시 제법 고급스러웠고 친구들 집에서는 볼 수 없었던 소년 소녀 세계문학전집이라는 50권짜리 책이었다. 글씨는 많고 그림은 거의 없는 흑백의 동화책이었다. 어머니는 25권을 다 읽으면 나머지 25권을 사주신다고 하셨다. 나는 초등 4학년이 보기에는 글 밥이 많았던 25권의 동화책에 푹 빠져 20여 일을 보냈다. 그리고 어머니에게 25권을 다 읽었다고 말씀드렸더니 어머니는 약속대로 나머지 25권을 사주셨다.

그 후 이어서 세계 위인 전집과 한국 전기 전집도 사주셨다. 나는 어머니가 사주신 100여 권의 책들을 읽고 또 읽고를 반복하여 책 속의 이야기들을 외우기에 이르렀다.

선생님께서 수업에 못 들어오실 때는 나에게 친구들에게 재미있는 이야기를 들려주라고 하셨다. 나는 교단 위에 올라가 친구들에게 세계 여러 나라의 동화 이야기를 들려주곤 했다. 이야기에 귀를 기울이고 들어주는 교우들의 모습을 보며 자존감도 높아졌던 것 같다. 어머니께서 사주신 소년소녀 세계문학전집은 시골이라는 환경에서 호기심이 많았던 내게 꿈을 꾸게 해준 인생 책이다.

나는 책과의 경험을 나누게 된 4학년 때부터 우등생이 되었고 그 후로 글쓰기 대회, 웅변대회에 나가서 많은 상을 탔다. 초등 4학년 시절, 어머니께서 나를 위해 주신 큰 선물이 내 꿈에 날개를 달아주었다. 학교에서 종종 꿈에 대해 조사를 할 때면 나의 꿈은 한결같이 문학가였다.

그렇게 어린 시절과 청소년기를 보낸 나는 도서관에서 나를 설레게 하는 남자를 만나고 그 남자와 결혼을 하고 무엇보다 소중한 사내아이를 낳았다. 아이를 잘 키우기 위해 순수문학이 아닌 교육 관련 출판사를 25년 동안 경영하였다. 이제는 본연의 꿈이었던 수필가로서의 삶에 한 발짝 나아가고 있다.

초등학교 문턱도 못 밟아 본 어머니께서 주신 선물이 문학가로서 첫 경험을 만들어 주신 것이다. 힘든 환경 속에서도 내게 좋은 책을 경험하게 해주신 어머니께 감사의 말을 전하고 싶다.

수많은 사람 중에

그림책과 함께 하는
손금례

◇◇

항상 바쁘고 무례한 사람. 그 사람의 첫 기억이다.

서울에 사는 친구가 대전에 있는 나에게 소개를 해줄 사람이 있다고 연락을 해왔다. 그때 나는 서른 초반의 나이였다. 소개받기로 한 그 사람은 계속 바쁘다며 약속을 미루는 바람에 우리의 만남은 이루어지지 않았다.

그렇게 1년이 지났다. 또다시 친구가 그 사람을 다시 한번 만나 보라고 연락이 왔다. 이번에는 연락처를 줄 테니 우리 둘이서 연락하고 만나라는 것이었다. 우리 둘은 서로 연락했고 그 사람이 서울에서 대전으로 나를 만나러 온다고 했다.

만나기로 한 날 그 사람에게 문자가 왔다. 바빠서 못 온다는 문자였다. 난 너무 어이가 없었다. '날 뭐라고 생각하는 거지? 만나기로 한 날 전화도 아니고 문자로 바빠서 못 오겠다고?' 정말 기분이 별로였다.

이렇게 예의 없는 사람을 소개해주는 친구에게도 너무나 화가 났다. 하지만 친구의 잘못이 아닌 거 같아서 친구에게는 연락하지 않았다. 그 사람 정말 무례하고 어이없는 사람이라고 생각했다. 그렇게 지나가는 듯했는데 친구한테 연락이 왔다.

"어떻게 됐어? 만났어? 그 사람 괜찮지?" 하는 친구의 말에 나는 참고 있던 화가 폭발하고 말았다. 어떻게 넌 나에게 그런 사람을 소개해줄 수가 있는지. 왜 자꾸 바쁘다는 사람을 나에게 소개해주려고 했는지. 나도 바쁘다. 그리고 바쁘면 약속하지 말든지. 약속은 해놓고 왜 오지도 않는지. 그리고 어떻게 약속 취소를 문자만 한 통 보낼 수 있느냐면서 친구에게 화를 냈다. 친구는 미안하다며 자기가 그 사람과 이야기해보겠다고 했다.

그날 그 사람에게 연락이 왔다. 난 전화도 받기 싫었지만 무슨 이야기를 하는지 궁금하기도 해서 전화를 받았다. "미안합니다. 전 너무 미안해서 문자를 보낸 건데 그렇게 생각하실 줄 몰랐습니다. 너무 죄송해요. 혹시 시간 되시면 제가 바로 내려가겠습니다."라고 그 사람이 말했다.

난 왜 바로 내려오겠다는 그 사람의 말을 뿌리치지 못했을까? 너무 화가 났었는데 왜 화를 내지 않고 듣고만 있었을까? 지금 생각하면 참 이상하다는 생각이 든다. 항상 바쁘다는 사람. 항상 약속을 먼저 취소하는 사람이 미안하다면서 바로 대전으로 내려왔다. 그렇게 우리의 첫 만남은 이루어졌다.

우리의 첫 만남 이후로 그는 매일 서울에서 대전으로 출근했다. "서울과 대전은 그리 먼 거리는 아닙니다."라고 웃으면서 말하는 그를 보니 귀엽다는 생각도 들었다. 내가 아프다고 하면 약을 사 들고 서울에서 대전으로 바로 내려왔다.

사실 직장동료가 소개해준다고 했을 때 만나고 싶지 않아서 바쁘다고 이야기했다고 한다. 하지만 나를 만나고 나서 보니 내가 마음에 들었다고 했다. 매일 대전으로 오는 것쯤은 하나도 힘들지 않았다고 했다. 매일 내려오는 그를 보면서 나도 점점 그가 마음에 들었다.

지금이라면 그렇게 못했을 거라고 말하는 그 사람.

그는 바로 지금의 나의 남편이자 두 아이의 아빠이다. 여전히 그는 바쁘다. 하지만 항상 웃으면서 나와 아이들을 지켜주는 든든한 사람이다.

수놓은 주름치마

낭독과 웃음으로 뇌를 힐링하는 강사, 작가
유유정

◇◇◇

영원히 지워지지 않는 기억이다. 태어나서 처음으로 학교를 가보게 되는 8살의 어린 여자아이 가슴엔 하얀 손수건이 달렸다. 그 위에 명찰을 달고 쭐레쭐레 엄마 손을 잡고 걸어서 6~7㎞ 즈음 걷는 거리를 걸었다. 학교 입학식 하는 날 엄마와 처음으로 외출을 하게 된다. 동네에서도 자주 못 보던 친구들도 학교에 가서 만나게 되는 시절 어린 여자아이의 초등학교 입학 시절이다. 그 시절의 기억은 항상 기억력 상실이 온다 해도 잊히지 않을 것이다. 책가방 대신 보자기에 책을 둘둘 말아 핀으로 고정한 다음 허리에 꽉 조여 동여매고 학교 다니던 시절이다.

그 시절이 생각나면 엄마의 얼굴이 항상 눈앞에 어른거린다. 엄마가 그리워지며 엄마의 얼굴이 뇌리에 그려지면서 눈시울이 촉촉해짐을 느낀다. 해년마다 학교에서는 추석날 다음날은 어김없이 운동회를 했다. 그 운동회는 지금도 변함없이 이어지고 있다. 어린 저학년 여학생은 동요 노래로 무용을 한다. 고학년 선배들은 강강술래 무용을 하며 오제미 터뜨리기, 어른들의 달리기, 동네와 동네 간에 줄다리기, 릴레이 달리기 등 지역의 큰 행사였다.

우리 엄마는 내가 운동회에 입을 하얀 천으로 주름치마를 항상 만들어 주신 기억이 있다. 하얀 천에 주름을 넣어서 5㎝ 정도의 치마단 위에 빨간색

실로 X자의 수를 넣어서 손바느질로 예쁜 주름치마를 만들어 주셨다. 난 그 치마가 왜 그리 좋은지 그런 옷을 입은 아이는 나 외에는 없었다. 지금도 그 치마는 생생하게 기억이 난다.

초등학교 다니던 시절 할머니를 그리도 좋아했다. 오빠와 할머니를 차지하기 위해 많이도 싸웠던 기억이 난다. 어느 날 엄마가 서울에 외삼촌 댁에 가셨는데 며칠이 되어도 오시지 않던 기억이다. 큰집 오빠와 할머니 때문에 싸우고 내가 밀려났기에 집에를 와야 했다. 엄마가 안 계시니 집에 오기 싫지만 와야 했다. 마당 저 건너 논둑길로 엄마가 오시는 길이다. 달 밝은 밤 길에 엄마의 그림자가 보이기를 얼마나 학수고대하며 기다렸는지 그래도 엄마는 나타나지 않았다.

엄마가 있으면 마당에 멍석을 깔고 누워서 옛날이야기를 들으며 옥수수와 감자를 야식으로 먹으며 도란도란 동생들과 함께 있을 텐데 말이다. 혼자 있던 그 시간이 왜 그리 싫었던지 나와 큰동생만 두고 어린 동생만 데리고 가셨는데. 3일이란 시간이 그 시절 너무도 길고 길었다. 아버지는 그저 "들어와서 잠 안 자고 뭐 하니?" 정도의 관심일 뿐 우리가 엄마를 기다리는 마음을 모르는 듯한 모습이었다. 엄마는 전쟁 때의 이야기를 해주시는 편이다. 어디서 살고 피난 와서 누구랑 같이 살고 하는 이야기를 우리에게 해 주셨다.

나의 첫 기억은 엄마와 학교 입학 시절에 나의 학교생활 모습이 떠오른다. 엄마의 모습에서 나의 어린 시절을 그리게 된다.

비폭력 대화를 처음 만난 날

비폭력대화를 만나 삶의 방향을 잡은
이은미

◇◇

벌써 5년 전 기억이다. 감정적으로 소진되어있었고 어서 빨리 정답을 찾고 싶었다.

아이를 출산하고 육아를 하며 심한 감정 기복을 느꼈다. 아이의 존재만으로 기뻤다가 갑자기 불안이 찾아왔다. 극심한 불안은 우울로 이어졌고 이 우울을 해결할 정답을 찾고 있었다. 그 정답을 찾기 위해 책에 매달렸다.

알 수 없이 반복되는 감정들과 그 감정에 휘둘리는 나를 어떻게든 하고 싶었다. 수많은 감정 책 찾아보며, 감정 조절, 감정 관리, 감정의 실제를 조금씩 만날 수 있었다.

하지만 책을 읽을 때는 알 것 같았던 이론들이 아이와의 육아 현장에서는 아무 소용이 없었다. 아이가 내 마음과 같지 않으면 짜증이 나고 화가 나고 분노했다. 그런데 아이는 내 감정에는 아랑곳없이 나에게 더 가까이 달려들었다. 밀어내고 밀어내 봐도 아무런 소용이 없었다. 이 상황이 싫어서 어떻게든 해결할 방법을 찾아 헤매고 다녔다.

그날도 어김없이 아이가 어린이집을 가고 내 마음을, 아이와의 관계를 해결할 답을 찾고 있었다. 노트북을 켜고 다른 사람들의 방법을 찾아보고 강의도 들어보고 있었다. 그러다 우연히 '감정 단어' 목록을 보게 되었다.

"유레카!"

누구나 다 아는 단어지만 한 번도 내 단어라고 생각하고 써본 적 없던 단어들이었다. 감정 단어 하나하나를 읽어내리며 단어에 따라 내 마음도, 내 얼굴도 울고 웃었다. 이 소중한 감정 단어가 어디서 나온 것인지 계속 검색해 들어갔다.

그리고 비로소 『비폭력 대화』라는 책을 만나게 되었다. 책의 내용을 단숨에 읽어 내려갔다. 더 깊이 만나고 싶어서 책뿐 아니라 강의도 검색해 보았다. 신기하게도 온 힘을 다해 이 언어를 배우라는 듯 내 주변에 비폭력 대화 강의를 찾을 수 있었다. 문고 따지지도 않고 강의를 신청했다.

비폭력 대화를 더욱 생생한 언어로 배우기 위해 강의장을 찾던 날. 설렘으로 강의장에 들어섰던 그날의 첫 만남이 잊히지 않는다. 대단한 심리 상담가를 만난 듯. 내가 앞으로 가야 할 길을 알려주는 도사님을 만난 듯 부푼 가슴을 안고 강의 시작 30분 전부터 수업을 기다렸다. 생전 처음 만난 강사님은 너무 빛나 보였고 강의하는 것 자체가 즐거워 보였다. 강의의 내용은 감정뿐 아니라 그동안의 삶을 되돌아보게 했고 내가 찾던 내 육아의 중심이 되어줄 듯했다.

그 강렬하고 설렜던 첫 만남 이후로도 내 삶에 비폭력 대화는 꾸준히 함께하고 있다. 아이를 대하는 내 감정을 돌보고 나아가 아이의 감정까지 읽어주는 엄마가 되었다. 항상은 아니더라도 내 삶에서 중심을 차지하고 있다. 그 삶은 결국 다른 사람과 나누는 과정을 통해 빛을 발하고 있다. 방법을 몰라 답답한 엄마들에게 자신을 돌보고 더불어 아이와 가족과의 관계를 긍정적으로 맺어 갈 수 있는 도구를 소개한다.

비폭력 대화와의 첫 만남이 이리도 생생한 것은 삶에서 나를 지킬 도구 하나를 가졌다는 신뢰와 내가 다른 사람을 도울 수 있는 기쁨을 주었기 때문일 것이다.

인생은 매일 처음이다

동기부여 강연가 숨코치
이수미

◇◇

"안╱녕╲하╱세╲요╱"

"안녕하세요가 그렇게 어렵니?"

'안녕하세요'만 매일 5000번이 넘도록 연습한 것 같다.

나는 서부 경남에서 태어났다. 초등학교 때 부산으로 전학 가서 10년 넘게 살다 보니 내 사투리는 독특했다. 강원도와 북한 억양에 부산 엑센트까지. 총체적 난국이었다. 오죽하면 일기장에 '나의 소원은 표준어 구사'라고 적어놓고 빌고 또 빌었을까. 방송은 하고 싶고, 강의도 하고 싶은데. 이런 말투와 강한 엑센트로는 도저히 사람들 앞에서 멋진 이야기를 전할 수 있을 것 같지가 않았다.

아나운서 아카데미에 가면 카메라로 말하는 모습을 촬영하고 그 모습을 강사와 아나운서 준비생들이 같이 돌려 보며 피드백을 받는 형식으로 수업이 진행된다. 아카데미 동기 중에는 유명한 방송인이 된 친구도 있고, 지금도 꾸준히 라디오와 광고에서 볼 수 있는 친구들도 많다. 학원에서 친하게 지내기는 했지만 은근한 신경전이 있었다. 우리는 머리부터 발끝까지 아나운서 흉내를 냈다. 단발머리를 곱게 자르고 깔끔하게 C컬로 드라이를 하거나, 긴 머리 웨이브를 휘날리며 학원을 들락거렸다. 프로필 사진을 찍거나

면접이 있는 날에는 속눈썹을 붙이고 정장을 쫙 빼입고 한껏 멋을 부린 모습으로 학원에서 수업을 들었다.

나는 학원비를 벌기 위해 교육 회사에서 인턴을 하고 있었기 때문에 오후 5시까지는 직장인의 모습으로 일을 하다 퇴근 후에는 곧장 학원으로 달려가서 수업을 들었다. 꿈을 위해 매일 달렸다.

카메라에 비치는 모습은 평상시 모습보다 0.5배는 더 통통하게 나온다. 다이어트를 결심했다. 학원 수업이 없는 날에는 퇴근하자마자 곧장 헬스장으로 달려가서 러닝머신 위를 달리고, 에어로빅을 했다. 먹는 걸 좋아하는 내가 새 모이만큼 먹고, 바나나와 아몬드로 하루하루를 버텼다. 내 생의 첫 다이어트 도전이었다. 이렇게 노력한 결과 2달 만에 40kg대의 몸무게를 만들 수 있었다.

상상도 못 한 일들이 일어나고 있었다. 게으르고 뭐든지 마음먹으면 '작심삼일'이라고 생각하던 내가 하나하나 이루어내고 있었다. '누가 나를 이렇게 만든 걸까?' 그건 바로, '나'다. 의지력과 의지 과다는 따로 있는 것이 아니다. 어떤 목표를 세웠는지 그 목표를 이루기 위해 어떤 환경을 설정하는지가 관건이다.

문득 그때가 떠올라 10년 전 이수미에게 말을 건넨다.
"고마워! 네 덕분에 내가 지금 재미있게 살아!"

아빠가 더 기다렸던
나의 여름휴가 프로젝트

아이들과 함께하는 시간이 소중한 직장인이자 불량 주부

서현자

◇◇

첫 직장을 다니고 가장 행복했던 기억은 친구들과 매년 여름휴가를 맞춰 해외여행을 다니던 기억이다. 여행을 좋아하는 친구들과 올여름은 어느 나라에서 즐거운 추억을 만드느냐는 나의 1년 중 가장 중요한 프로젝트였다. 직장을 다니는 것이 가끔 힘들 때도 있지만 운이 좋았던 나는 힘들 때보다 행복했던 추억이 가득하다. 고등학교와 대학교 때 만난 친구들과 결혼 전까지 여름휴가와 명절 때 여행을 다닌 기억들은 지금도 나에겐 행복한 추억으로 자리하고 있다.

결혼 하고 아이들이 태어난 후 여름휴가와 명절은 나에겐 가장 힘든 기간이 되어 버렸고 온전한 휴식을 찾던 내게 번뜩이는 아이디어가 떠올랐다. 친정엄마, 아빠와 함께 가는 휴가를 생각해낸 것이다. 우리 가족끼리 가는 여름휴가는 나에겐 고행의 여행이었기 때문에 아이들과 함께 하는 걸 좋아하는 친정 부모님과 함께 여행을 가면 나에겐 비로소 온전한 나의 자유시간이 주어졌다. 나의 이기심으로 시작된 아이들과 함께하는 엄마, 아빠와의 여름휴가는 시간이 지나면서 친정 아빠가 가장 기다리는 1년의 이벤트로 자리 잡았다.

아빠가 우리 어릴 때는 먹고사느라 바빠서 우리의 이쁜 모습을 기억하지 못했는데 1년에 한 번씩이라도 이렇게 가족여행을 다닐 수 있어 너무 행복하다고 말씀하시니 처음에 나의 불순한 의도와는 상관없이 아빠에게 행복을 선사하는 시간이 되었던 것이다. 처음엔 어색해하던 아이들과 함께하는 시간들을 아이들도 아빠도 행복한 시간으로 만들어 가는 모습을 보며 왜 내가 어릴 때 친구들과 하는 해외여행만 행복한 여행으로 생각했는지 아쉬움이 남기도 했다. 아빠도 우리와 함께하는 시간을 내심 바라고 계셨을 수도 있었는데 부모의 마음을 내가 부모가 되어 보고 나서야 돌아보게 되었던 것이다.

여름휴가 때 가족여행 사진을 많이 찍어서 여행 후에 앨범을 만들어 드리면 그 추억을 벗 삼아 두고두고 이야기를 나눌 수 있어서 더 좋았던 가족여행. 나에게도 아빠에게도 힐링의 시간이었지만 엄마는 생각이 좀 달랐을 테니 지금 돌이켜 보면 그건 엄마에게 좀 미안하기도 하다.

사실 엄마의 희생으로 나에게 주어지는 행복한 시간이기도 했으니 앞으로는 아이들이 다 크고 나면 엄마와 단둘이 하는 여행을 다니도록 해야겠다는 생각이 들었다. 아빠가 돌아가신 후 그때의 기억들은 사진으로만 남았지만. 이 추억들이 우리 아이들과 이야기를 나눌 수 있는 행복한 기억이어서 감사하다. 나중에 아이들이 자라서 나와 같은 아이디어를 낸다면 모른 척 행복한 마음으로 가족여행 프로젝트에 응해 줘야겠다.

첫 서울살이

노래하고 글 쓰는 농부 작가
이영양

◇◇

40여 년 전. 나는 경기도 고양군 일산읍 백석리에서 태어났다. 정확히 말하자면 1980년에 중면이 일산읍으로 승격했으니까 중면 백석리에서 태어나서 30년을 고양시에서 살았다.

1990년 기록적인 폭우로 인하여 댐의 방류량이 늘어나자 한강 수위가 올라갔고, 한강 하류 둑이 무너지면서 고양군 전체가 물에 잠기는 역사 속에도 함께 있었다.

당시 우리 집은 동네에서 가장 높은 곳에 있었는데. 물이 쏟아져 들어오는 장면을 TV에서 보신 부모님께서 대피소로 가자고 하셨다. 급히 짐을 싸서 경운기를 타고 대피소로 출발했는데. 마을 입구에 모여있던 동네 사람들이 높은 곳에 살면서 어디로 대피를 가냐고 한마디씩 거들어 다시 집으로 돌아갔던 웃기고도 슬픈 기억이 난다. 홍수가 난 뒤 일산은 신도시 개발지가 되었지만. 부모님은 여전히 고양시에 터를 잡았고 나는 30년을 고양시에서 살다가 결혼과 함께 서울로 이사를 했다.

결혼 전에는 강남에 와 본 적이 없어서 강남에 사는 사람들은 모두 돈이 많고 콧대가 높으며 세금도 잘 내지 않는 사람들일 것이라는 부정적인 편견을 가지고 있었다. 강남 3구에 대한 영상매체에서 나오는 부정적인 뉴스들이 내가 편견을 갖는 데 한몫을 했다. 그런데 나와 남편의 직장 중간지점인 서초구 양재동에 신혼집을 마련하면서 나도 강남에 살게 되었다. 방 한 칸에 부엌과 화장실이 있는 곰팡내가 났던 빌라 1층이었다. 내가 그곳에 살게 되면서 강남에 대한 편견이 깨졌다.

곰팡내 나는 작은 빌라에 살았지만, 양재가 참 좋았다. 양재는 나에게 도심 속 시골 같은 느낌을 주었다. 시원한 물소리에 커다란 잉어가 헤엄치는 양재천이 흐르는 곳! 산책하기 좋은 도심 속 시골. 양재천에 가면 신이 났다.

지하철 3호선에 자리를 잡고 출근하면서 책 읽는 시간이 좋았고, 남편의 회사 셔틀도 양재 주차장에서 출발하여 출퇴근이 편했다. 내가 만난 이웃들과 상인들도 편안하고 인심이 넉넉한 분들이라서 나의 첫 서울살이에 대한 걱정은 기우였다.

교통이 편해 차를 살 필요가 없어 신혼부부가 돈을 모으기 좋은 곳. 운동하기에 안성맞춤인 양재천이 바로 옆에 있는 시골 같은 양재가 너무 좋아서 열심히 모은 돈으로 양재에 투자를 하기로 했다. 차가 없고, 4년간 아이가 생기지 않아 큰돈이 나가지 않았고, 양가 부모님들이 음식을 대주시니 밥값도 들지 않았다.

아이가 생겨 남편 회사 근처로 이사를 갔어도 시간이 날 때마다 양재에 직접 가보고, 지인께 부탁도 하면서 여러 번 왔다 갔다 하다가 마침내 마음에 드는 아파트를 사게 되었고, 10년이 지난 후 우리가 산 집으로 들어와서 매일매일 행복하게 생활하고 있다. 집에만 들어오면 왠지 좋은 일들이 생길 것 같은 기분이 들어 참 좋다. 아이들 학교에서 가까운 곳에 살았더라면 더 좋았겠다는 아쉬움이 있지만, 경험을 통해 나도 모르게 배우는 것이 있으리라.

나의 첫 서울살이는 남편과 시작했다. 이제 두 번째 서울살이를 시작했다. 이번에는 아이들도 함께 한다. 우리 가족의 꿈을 이루는 서울살이가 되도록 지금 있는 이 순간을 소중히 하며 즐겁게 생활하겠다.

중1 바이올린 선율로 장식한
경희대학교 크라운관 홀 연주회

행복을 지으며 사는 행복경영연구소 대표
홍현정

◇◇

떨렸다. 중학교 1학년이던 나는 현악 부원들과 경희대학교 크라운관 홀에서 바이올린 연주회 준비로 바빴다. 연주할 곡을 되뇌고 바이올린과 활을 챙기고 긴 드레스를 다시 살피고 무대 위에 올라갔다.

경희대학교는 유치원부터 대학교까지 한 캠퍼스 안에 있다. 우리는 3년마다 캠퍼스 축제를 한다. 중학교 들어가면서 현악부가 있다는 사실을 알고 엄마에게 무조건 바이올린을 배우겠다고 말씀드렸다. 피아노를 배우고 싶었지만 몇 년을 말씀드려도 엄마는 "너는 책 읽는 것 좋아하니까 공부해!"라고만 하셨다.

집안 여건상 여동생만 피아노 학원을 다녔다. 같은 교회 다니던 친구가 피아노 반주하는 모습을 보면 나도 하고 싶었다. 피아노를 향한 강한 배움의 욕구가 악보만 보면 절로 외워지는 신비한 능력을 만들어 냈다.

피아노 학원을 안 보내주던 엄마는 바이올린을 배우겠다고 고집을 피우는 내게 할 수 없이 허락하셨다. 서울시립교향악단에 계시는 남자 선생님이 외부 강사로 오셨고 방과 후 지도를 하셨다. 바이올린은 어려웠다. 손가락에 물집이 생기고 이내 굳은살이 생겼다. 방학 때는 합숙 훈련을 하면서 실력을 쌓아갔다. 현악부는 양 갈래머리로 묶고 다닐 수 있으니 좋다. 단발머리로 자르지 않아도 된다.

스즈키 바이올린 책으로 열심히 연습했다. 중2, 중3 선배들은 연주를 능숙하게 했다. 개인 레슨 받는 선배들은 더 잘했다. 나도 개인 레슨을 받고 싶은 마음이 들었지만 이내 접었다. 엄마가 들어줄리 만무했다.

중1인 우리는 손가락에 굳은살이 박이게 연습을 해도 선배들의 실력을 따라갈 수 없었다. 무엇을 잘한다는 것은 시간과 노력을 들인 결과다. 어렵다고 계속 어렵지는 않았다. 그냥 잘하게 되는 것은 없다. 선배들은 무대 제일 앞줄에 앉고 중1 병아리 같은 우리는 세 번째 줄에서 연주를 해야 한다. 실수하지 않으려고 머릿속으로 암보를 하고 또 했다. 전쟁에 나가는 병사와 같은 각오로 실수 없이 연주회를 마치는 게 목표였다.

관객들이 꽉 찬 홀은 수많은 눈빛이 무대로 집중되고 있었다. 경희대 총장님과 우리 중학교 교장, 교감 선생님 얼굴이 보인다. 연습한 대로 들어가 지휘자 지시를 따랐다. 주황색 상의와 검은색 하의로 조합된 롱드레스는 예뻤다. 검은 드레스 자락을 살포시 나풀대며 각자의 자리에 섰다. 긴장 탓에 악보가 하얀 백지상태로 보인다. 이미 외워서 악보는 보지 않아도 되지만 떨림을 멈출 수는 없다.

심장이 쿵쾅쿵쾅거렸다. 총장님과 교장 선생님이 계시니 더 잘하고 싶은 마음이 들어서일까? 현을 켤 때 켜고 쉴 때 쉬면 된다. 호흡을 가다듬었다. 음 이탈이 없기를 기도했다. 잠시 눈을 감고 안정을 취해보지만, 여전히 긴장되었다.

객석의 불이 꺼지고 무대 위 조명이 우리에게 집중되었다. 호흡을 길게 내뿜고 음악 선생님의 지휘에 따랐다. 바이올린 선율은 하얀 드레스를 입은 천사가 춤을 추듯 홀 안에 부드럽게 울려 퍼졌다.

크라운관의 연주회로 우리 실력은 훌쩍 성장했고 많은 연습과 무대 경험이 자신감을 갖게 했다. 그 후 몇 번의 연주회를 크라운관 홀에서 더 할 수 있었다. 연습 때는 어려웠지만, 성취감은 컸다. 어렵고 힘들어도 꾸준히 하면 원하는 것을 얻게 된다는 사실을 그때의 경험으로 알았다.

함께했던 카리스마 있는 지연이는 바이올린을 전공했고 지금까지 잘 만나고 있다. 가끔 중학교 때 얘기를 하며 크게 웃곤 한다. 중학교 때 기회를 허락하신 엄마께 감사하다.

뜨거웠던 나의 첫 해외여행, 미국

꿈꾸며 도전하고 살고 싶은
지해인

◇◇◇

나의 첫 해외여행은 대학교 3학년 때이다. 해외연수의 목마름으로 가득 차 있던 어느 날, 학교 중앙도서관 매점에서 다른 과 선배가 미국을 다녀왔다고 나에게 말해 주었다. 그리고 그 방법은 우리 학교 내에서 하는 공모전에 합격해 다녀왔다는 것이다. 순간 머릿속이 '미국'이라는 설렘으로 꽉 찼다.

미국을 가기 위한 도전을 시작했다. 남자 2명 선배와 1명 여자 동생과 팀을 만들었고, 수업이 끝나면 모여서 탐방 주제를 정하고 역할을 나누어 조사하고 의견을 나누고 정리했다. '성공적인 글로벌 산학협력 모형 RTP탐방을 통해 우리 대학교에 적용'이란 주제로 미국 노스캐롤라이나 랄리 지역에 대학교 기업 연구소를 방문하는 일정을 만들고 탐방 장소에 컨택 해 방문 허가를 받고 탐방내용을 PPT 발표 후 선발되어 우린 정말 미국으로 가는 티켓을 얻었다.

랄리 지역에 도착해 노스캐롤라이나 주립대학교 게스트하우스에 머물면서 유학생처럼 식당에서 밥을 먹고 도서관을 이용하고 또 근처 마트에서 장도 봤다. 그곳에서 한인 교수님을 소개받아 IBM, 시스코 같은 기업에 다니는 분을 소개받고 안내받으며 방문하면서 글로벌한 기업에서 근무하고 싶다는 막연한 생각을 하며 설렜다. 한국인이라는 공통점으로 한인 교수님 또 한인학생회장. 한국이 뿌리인 이민 2세대 분들이 반갑게 도와주시고 안내해 주며 또 초대 받고 밥을 먹는 꿈 같은 시간들을 보냈다.

20여 일간의 탐방한 후 LA와 뉴욕지역도 추가로 더 가보았다. 산타 모니카 해변의 아름다움과 LA의 맑고 시원한 날씨에 반했고, LA 유니버셜 스튜디오에 가서 대단하고 신기한 기술에 놀랐다. 유니버셜 스튜디오는 정말 환상적이었다. 물론 밤에는 총기 소리에 놀란 적도 있어서 겁이 났었지만 말이다. UCLA 대학교에 가서는 이 학교에 다니고 싶다는 상상을 하면서 UCLA 대학교 모자를 사서 쓰기도 했다.

뉴욕에서는 영어책에서만 보던 자유의 여신상을 직접 보고 브루클린 다리를 걸으며 꿈인지 생시인지 생각했고 타임스퀘어에서는 계속 "Amazing"을 외쳤다. 또 센트럴파크에서는 광활하고 자유로운 뉴요커들에게 매료되었고 엠파이어스테이트 빌딩에서는 야경을 볼 때 눈물이 흘렀다. 정말 아름다운 뉴욕의 도시야경에 기타 치는 아저씨의 노랫소리가 어울려 너무 감사하고 행복했다. 뉴욕 야경을 보면서 달에 빌었다. 내가 결혼을 하게 된다면 나의 아이들과도 이곳에 꼭 같이 와보고 싶다고 그리고 그때 당시 같이 갔던 선배 한 명이 지금 나의 남편이자 아이들의 아빠가 되었다.

그 뜨거웠던 여름 한 달간 진취적이고 도전적이었던 것 같은 내가. 마음먹은 건 해보려고 했던 내가 보고 싶다. 낯선 나라에서 외부인인 나에게 도움을 주던 그들을 생각하며 나도 그런 사람이 되어야겠다고 적었던 내 다짐이 이 글을 쓰면서 또 떠오른다. 하루하루 설레면서 감사하며 하루를 시작하고 여러 가지 일들 속에서도 열정을 잃지 않고 도전하던 그 시절처럼 다시 뜨겁게 살아 보아야겠다.

상처보다 깊은 엄마의 사랑

도전을 즐기고 싶은 엄마
김신영

◇◇

2015년 봄. 둘째를 낳고 정상혈압이 돌아오지 않아서 혈압약을 먹게 되었다. '아. 난 40살도 안 되었는데 왜 벌써 혈압약을 먹어야 하지?' 출산 후에 나타난 여러 가지 증상들은 내 생활에 안 좋은 영향들을 미치고 있었다. 둘째 아이를 아기 띠에 안고 집 앞 언덕을 오르던 어느 날. 나는 처음 느껴보는 이상한 어지러움에 당황해서 길바닥에 주저앉아 버렸다. 어지러움이 사라진 순간 나는 바로 동네 의원으로 갔고. 그 후로 종합병원에서 정밀검사를 받게 되었다.

정밀검사의 결과는 머릿속에 1㎝ 이상의 청신경 종양이 있다는 것이었고 조금이라도 더 커질 경우 바로 수술을 해야 한다는 것이었다. 혼자 진료를 마치고 나오는데 너무나도 두렵고 슬펐다. 눈물이 계속 흘렀다. 출산 후 밀려오는 이런 안 좋은 상황들이 나를 더욱 힘들게 하였다. 예민해진 나는 '내가 없으면 애들은 어떡하지?'부터 시작해서 '내년에 첫째 학교는 어떻게 보내지?' 모든 것이 아이들에 대한 염려였다. 나의 신체적. 정신적인 건강 문제의 해결이 우선이 되지 않고 말이다.

내가 그렇듯 나에게도 자식 걱정이 먼저이신 엄마가 계셨다. 딸이 조금이라도 육아와 살림에 지치지 않도록 아프신 팔로 수시로 와서 도와주시고.

밤낮으로 나를 위해 눈물을 흘리시며 기도해 주시는 든든한 우리 엄마 말이다. 그런 엄마의 극진한 챙김과 보살핌으로 나는 다행히 안 좋았던 컨디션을 회복하게 되었고, 머릿속의 청신경 좋은 정기검진으로 추적관찰을 하며 지켜보게 되었다. 불안했던 생활이 점점 안정됨에 나는 감사하고 죄송한 마음에 엄마를 꼭 끌어안고 한참을 울게 되었다.

사실 고등학교 때 엄마의 사업실패로 집안 경제 사정이 정말 안 좋았을 때가 있었다. 그 당시 하루에도 여러 곳, 여러 사람의 빚 독촉 전화를 받던 나는 화가 난 마음에 엄마를 속상하게 하는 말과 행동을 빈번하게 했다. 엄마를 원망하고 미워하며 나조차도 너무 힘들었던 다시는 돌이키고 싶지 않은 시절이었다.

지금 생각하니 나도 그 빚쟁이들과 뭐가 달랐을까 하는 생각이 들고 엄마는 여자로서 사업을 하다 실패하고 남편과 자식들에게 평생 죄인인 마음이 있었을 것 같다. 하지만 그 자리를 떠나지 않으시고 쉴 새 없이 일하시며 꿋꿋하게 버티셨다. 아니 지금도 그렇게 버티고 계실 것이다. 깊이 생각하면 엄마가 지금 내 옆에 계시는 것이 기적이라고 느껴질 만하게 말로는 표현하지 못하는 마음고생을 하셨을 것이다.

그때는 잘 몰랐지만 그렇게 힘든 상황에서 엄마라는 자리를 잘 지키고 버텨주셔서 정말 감사드린다. 지금 내가 당장이라도 전화해서 "엄마."라고 부를 수 있고, 바로 나를 "내 딸, 신영아."라고 대답해주는 그런 우리 엄마는 지금, 이 순간 나에겐 기적이고, 그 감사한 기적으로 나는 오늘도 우리 아이들과 함께 웃을 수 있는 것이다.

여덟 살 평생, 가장 긴 하루

사람과 사랑에 진심인
장유화

◇◇

7살에 입학했고 8살에 도시로 전학을 왔다. 새 학교에 적응하느라 하루하루가 힘겨웠다. 반 아이들과 잘 어울리고 싶었지만. 생각만큼 쉽지 않았다.

그날도 무거운 발걸음으로 교실에 들어섰다.

"야! 밀지 마. 내가 먼저 봤어. 아니야. 내가 먼저거든?"

한 친구의 품에 안긴 작고 사랑스러운 강아지가 보였다. 그 귀요미를 서로 만져보겠다고 요란법석이 난 거였다.

강아지보단 친구들에게 둘러싸여 활짝 웃고 있는 그 아이에게 더 시선이 갔다. 인기가 많아 뭘 해도 주목받는 그 애가 부러웠다. 머릿속이 바빠졌다. 고양이도, 풍뎅이도 다른 집엔 다 있다는 흔한 금송아지도 우리 집엔 없다. 순간 얼굴 하나가 떠올랐다.

'그래. 이거다 이거.'

나에겐 자칭 타칭 수학 천재 6살짜리 남동생이 있다. 평소엔 투덕투덕하는 사이지만 갑자기 너무나 소중한 존재로 부상했다. 다음날 동생을 데리고 나타나자 누군지. 왜 왔는지를 궁금해하며 하나둘씩 말을 걸어왔다.

내 동생인데 우리보다 훨씬 똑똑하다며 어서 어려운 계산 문제를 내보라고 재촉했다. 천 자리 덧셈. 뺄셈을 척척 암산하고 구구단도 번개처럼 대답하는 동생이 신기한지 점점 더 많은 애들이 내 주위로 몰려들었다. 강아지에게 밀릴까 걱정한 게 무색했다. 내가 부럽단다. 마음이 풍선처럼 부풀어 올랐다.

1교시 직전. 실컷 재능을 선보인 동생을 운동장 뺑뺑이에 밀어 넣었다.
"쉬는 시간마다 올게. 꼼짝 말고 여기 있어."
철석같이 약속했지만. 급속도로 친해진 아이들과 재잘대는데 정신이 팔렸다. 관심을 두었던 친구까지 내 이름을 다정히 불러주니 마냥 신났다.
4교시가 끝난 뒤 친구들과 헤어지며 오늘은 참 행복한 하루였다고 생각하다가… 아뿔싸! 내 동생! 까맣게 잊고 있었다.
'잊을 게 따로 있지. 얼마나 누나를 기다렸을까?'
자책하며 한걸음에 달려갔다. 근데 어째 이 녀석의 표정과 자세가 영 수상했다.
"으악! 이게 무슨 냄새야."

일단 동생을 수돗가까지 데리고는 갔는데 앞이 캄캄했다. 엄마가 너무 보고 싶어 눈물이 났다. 마침 걸레를 빨러 온 한 언니가 알은체를 해왔다.
"왜 울고 있어? 무슨 일 있니?"
상냥한 말투에 서러움이 밀려왔다.
"동생이 똥을 쌌어요. 엉엉."
비밀을 털어놓고. 난 아예 목놓아 울어 버렸다.
당황해서 그냥 가 버릴 줄 알았던 그 언니는. 소매를 걷어붙인 후 덤덤하게 동생을 씻기고 옷을 빨았다. 지켜만 보는데도 속이 울렁거렸다. 언니는 내게 "아직 아기네. 괜찮아! 4학년 되면 너도 다 할 수 있게 돼."라고 위로해 줬다. 마음이 몽글몽글해졌다. 동생을 챙기지 못한 죄책감도 사그라들었다.
'이담에 꼭 언니같이 좋은 사람이 되어야지.'

그날은 처음으로 동생과 단둘이만 외출한 날이었다. 불과 몇 시간이었지만 행복했다가 난감했다가 종국엔 어떤 깨달음을 얻은, 여덟 살 평생 가장 길게 느껴졌던 하루였다.

아찔했던 동생의 실수와는 반대로 살면서 자꾸 되새기는 기억이 있다. 바로 처음 본 열한 살 언니의 따스한 말과 선한 행동에 매료되고 설득당하던 순간이다. 좋은 사람이 되겠다던 어릴 적 다짐은 내 삶의 철학이 되었다.

도움이 필요한 사람에게 손을 내밀어주고 나보다 주변 사람들을 먼저 챙기는 게 마음처럼 쉽지 않다. 다만 노력할 뿐이다. 어느 날 누군가가 나로 인해 세상은 참 살 만하고 아름다운 곳이라고 생각해주는 기적을 꿈꾼다. 그날의 나처럼.

나의 첫사랑 그녀

거침없는 무한도전의 아이콘
오드리

◇◇

"고년. 손 한번 야물딱지다."

세상의 빛을 본 지 28개월 차. 세 살 터울인 동생을 낳고 얼마가 지났을
까? 엄마는 젖몸살에 몸져누웠단다. 손끝도 움직일 수가 없어 할머니가 오
셔서 밥을 지어놓고 가시면서 나의 모습을 보고 던진 한마디는 평생 '야물
딱진 가스나'라는 꼬리표를 달게 되었다.

그 시절 단칸방의 모습은 방과 부엌이 붙어있는 구조로 현관문을 열고 들
어가면 부엌이 먼저 보이고 발 디딤돌 저만치 위에 방문이 연결된 구조. 높
이가 상당해서 어린아이들은 조심해야 한다. (태어나서 고작 6년간 살았던 그곳
의 구조가 머릿속에 그려지니 신비할 따름이다. 어린 시절의 겪음이 중요한 이유다. 아
이들이 아무것도 모른다고 생각하지 말자.)

점심때쯤 도착한 할머니는 한쪽 부엌 구석 샘에서 물장난치는 나를 보았
다고 한다. 때는 바야흐로 3월 초. 아직 동장군의 기운이 넘쳐날 때라 물에
젖어 감기라도 걸릴까 그만하라고 나를 일으켜 세우는데 글쎄. 손과 옷에
똥칠 범벅이었다고 한다.

사연으로 들어가 보니 기저귀가 쌓여 있었고 평소에 엄마가 빨래하는 것을 눈여겨 본 아기가 똥 기저귀를 빨려고 시도했던 것. 엄마처럼 쭈구리고 앉아 고사리손으로 꼼지락거린들 똥물이 깊게 스며든 기저귀가 쉽게 지워질 리 만무하지. 엄마를 도와주려는 나의 행동에 엄마는 눈물을 쏟았다고 한다.

내 기억저장소에선 사라진 지 오래된 38년 전의 일이 자주 회자된다. 엄마는 나의 모습을 보고 어린아이가 어쩜 저렇게 철이 들었냐며 그때부터 딸인 나에게 의도치 않게 많은 의지를 했다고 한다. 엄마의 믿음과 나의 실행력은 콜라보 되어 더욱 끈끈한 모녀 사이가 되었고 세상에서 하나밖에 없는 절친이 되었다.

그 후로도 코리안 장녀 타이틀을 십자가처럼 짊어지고 살아온 인생이 핑크빛으로만 가득했을까? 고달프지 않았던 적이 있었나? 부모님 여행은 내 손으로 보내드려야 한다는 의무감에 대학원을 다니며 박봉을 받으면서 할부로 여행경비로 지불했다. 제주도 여행 한번을 다녀오지 않으신 부모님을 위한 배려. 나보다 부모님을 먼저 생각하며 살아왔다.

남들은 우리 모녀지간을 엄마와 딸이 바뀐 것 같다는 표현을 자주 한다. 마음으로 낳은 자식인 듯 엄마는 나에게 자식 같은 존재이다. 머리부터 발끝까지 아깝지 않은 곳이 없고 귀하지 않은 곳이 없다. 40년이 넘는 세월을 가족에게 헌신한 엄마가 자유롭게 훨훨 날아다니고 하고 싶은 일을 하며 마음 편하게 살아가면 좋겠다.

코로나가 터지기 몇 달 전 엄마를 모시고 태국 여행을 다녀왔었다. 나들이하러 다녀도 좋다는 표현을 잘 안 하는 엄마가 치앙마이 참 좋다며 몇 번이나 말씀하셨다. 마음이 편안하고 풍요로워진다며 지금껏 살아온 날들의 보상을 모두 받는 것 같다고 하셨다.

발가락 골절로 아픈 다리를 이끌며 산행도 마다하지 않던 엄마의 강인한 정신력을 내가 그대로 닮았나 보다. 쉽게 살아도 좋을 것을 어려운 길로 돌아가고 신경 꺼도 될 일을 내일처럼 돌봐주며 보낸 세월 이제는 날 위해 살아 보려 한다. 물론 내 첫사랑 엄마와 함께.

성냥개비 소녀 서명희,
너 하고 싶은 거 다 해

글쓰기로 독서로 내 길을 찾으려는 사람
서명희

◇◇◇

난 성냥개비 소녀처럼 살았다. 창밖에서 추운 손과 발을 녹이려 성냥을 켜고 유리창 안의 가게 안에서 여유롭게 대화 나누는 사람들을 구경하며 지냈다. 나에게 집은 쉴 수 없는 곳이었기에 내 집 말고 다른 집 안의 사람들을 힐끗힐끗 구경하며 그들이 있는 편안한 집. 그들이 누리는 삶을 부러운 듯이 쳐다보는 것으로 나는 행복해했다.

그들은 애쓰지 않아도 편안하고 재미있는 대화를 자연스럽게 나누며 자기 삶을 재미있게 사는 것 같았다. 구경하는 난 항상 혼자였고 마음이 추웠다. 눈으로 타인의 삶을 살피며 나는 괜찮나? 내 인생의 방향은 무엇인지 고민하던 나날을 보내다가 같은 학교 엄마에게 내가 하고 싶은 걸 하고 있다는 것 같다고 들었다.

"말레이시아에 가려면 얼마 정도 들어요?"

5년 전 2017년에 큰아이가 초등학교에 입학했다. 그때 나는 생활비를 아껴 학원을 안 보내고 엄마표로 아이를 가르치고 학원비로 나갈 돈을 모아 말레이시아. 필리핀. 캐나다에 가서 경험을 얻는 것을 목표로 했다. 당장 하루 살아내기도 힘든 생활을 지내던 나는 남이 하는 것을 구경하고 부러워하고 있었다.

"500만 원이요?", "비행기값이 300만 원이요?", "생활비는요?" 쓰기 나름이란다. 그러면서 학교 엄마는 아이를 체험 수업에 꽂아놓고 본인은 요가를 등록해서 다닐 계획이란다.

아이 체험 수업을 다녀올 택시비 만원이 필요하고 아이 체험 수업 기다리는 동안 마실 커피비가 필요하다는 것을 머릿속에 적으며 "500만 원이요? 제가 지금 아르바이트를 하고 있는데 한 달 월급이 40만 원이니까 5개월만 일하면 200만 원 만들 수 있어요. 8월에는 비행기표는 살 수 있으니 나도 말레이시아에 한 달 살기 할 수 있겠죠?" 눈을 반짝이며 기대감으로 허락을 구한다. 마치 그 엄마의 허락을 받아야만 떠날 수 있는 것처럼.

마음속에는 '나 무서워요. 한 번도 집 밖에서 무언가 내 힘으로 해낸 적이 없어요. 지금 생활도 벅차게 고단한데 저 혼자 애 둘을 데리고 할 수 있을까요?' 겁으로 가득 찰 때 빵 터트리며 그 엄마가 웃는다. "무~얼~~ 그런 걸 생각하며 살아요? 이 엄마 생각이 많네."

'왜 저 사람은 내 삶을 비웃지? 이렇게 사는 것은 비웃음 당해야 하는 건가? 나는 무엇을 잘못했기에 항상 고단하고 외롭지?'

의기양양한 표정의 학교 엄마와 달리 잘못하고 꾸중 들은 사람처럼 그 사람 눈치를 보며 그 자리를 나왔다. 서운했다. 어떻게 해야 할지 몰라 내심 도움받기를 바라던 내 마음. 이런 것을 물어보면 안 되었나 창피함. 항상 바라던 것을 못 해보는 무력감으로 집에 와서 꺼이꺼이 울었다.

그 후로 5년이 지났다. 나는 쉬지 않고 새벽에 일어나 알바를 하고 책을 읽고 내 인생 방향을 알아내려 애썼다. 나도 이제 성냥팔이 소녀처럼 남에게 시선을 주지 말고 내가 나에게 시선 주고 내 삶을 만족해야겠다는 마음이 들어온다.

그 마음이 제주도에 오게 한다. 제주도에서 몸과 마음이 이완되는 경험을 해보기를 소망하고 행동한다. 누구의 도움 없이 타인에게 바라지 않고 내 소망에 집중해본다. 그리고 나니 누구에게도 서운하지 않다. 제주도에 왔다. 눈물이 맺힌다. 고단하다. 만족한다. 내 선택, 내 행동에.

쓰담쓰담. 서명희 잘했어. 너에게 묻고 스스로 해보기 시작한 것을 축하해. 그냥 툭툭 도전하고 준비가 안 되어 있어도 잘하려 하지 말고 즐겁게 결과를 받아들이렴.

테이프의 추억

영어로 꽃피우는 영어강사
전주연

◇◇◇◇◇◇◇◇◇◇◇◇◇◇◇◇◇◇◇◇◇◇◇◇◇◇◇◇◇◇◇◇◇◇◇◇◇◇

30년도 더 된 어느 오후. 엄마는 때마침 외출하셨고 나는 여동생과 함께 집을 지키고 있었다. 방문 영어 선생님이 오시기로 한 시간이 다가오자 나는 무엇에 홀린 듯 온 집 안의 불을 끄고 무섭다고 징징거리는 동생을 단속했다.

"쿵쿵쿵! 아무도 없어요? 주연아~!"

선생님은 컴컴한 집 앞에서 그렇게 한참 동안 현관문을 두드리셨다. 꼬물거리는 동생의 입을 막고 쿵쾅쿵쾅 터질 듯한 심장을 애써 진정시켰다. 시간이 얼마나 지났을까? 드디어 밖이 조용하다. 선생님은 터벅터벅 돌아가시고 나는 나중에 혼나든지 말든지 승자가 된 것처럼 그저 의기양양했다. 철없던 여덟 살 어린 마음에 저지른 이 장면은 마흔이 넘은 지금까지도 내게 선명하게 남아 있다.

영어라는 외국어가 싫었던 것은 아니었다. 오히려 그 반대였다. 업체에서 제공한 영어 테이프는 그야말로 신세계였다. 테이프가 늘어질 만큼 들으며 처음 듣는 영어 발음을 앵무새처럼 따라 하는 것이 정말 재미있었다. 그런데 당시 업체의 획기적인 방식이었던 모닝콜은 나에게 맞지 않았다. 어린 나이에 눈을 뜨자마자 'Hello!'하는 선생님의 전화를 받으며 단잠을 깨야 하는 것이 끔찍했다. 그래서 영어 잘하는 예쁜 선생님이 진도 검사하러 집에 오는 것도 그렇게나 싫었던 모양이다. 결국, 이 업체를 통한 영어 학습은 오래가지 않았지만 처음 영어를 배웠던. 테이프를 들으며 눈이 번쩍했던 그때 그 시절의 기억은 참 소중하다. 지금까지 내게 영어에 대한 좋은 기억으로 남아 있으니 말이다.

영어는 그때부터 지금까지 나에게는 즐거운 소리이다. 나는 또래에 비해 늘 영어가 잘 들렸고, 발음이 좋았으며. 영어 감이 좋았다. 비록 문장을 분석해서 문법에 맞게 설명하기는 어려웠지만. 특별한 노력을 하지 않아도 영어는 학창 시절 늘 백 점 맞는 효자 과목 중의 하나였다. 부모님의 배려로 어릴 때 영어를 접했던 경험이 없었다면. 과연 지금처럼 뒤늦게 영어를 업으로 삼고 살 수 있었을까? 아마 꽤 어려웠을 것 같다.

영어와 관련 없는 아동학 학부 졸업 후. 직장생활의 연차가 쌓이던 중에 돌연 캐나다로 어학연수를 다녀왔다. 영어를 손 놓은 지 한참되었지만. 다시 영어 공부를 시작하고 싶어졌고 다행히도 천천히 영어 감을 되찾을 수 있었다. 그 후 영어 선생님으로서의 제2의 삶을 살면서 현재 15년이 넘게 영어를 외국어로 배우는 아이들을 만나고 있다.

어릴 때 영어를 접한 경험이 얼마나 중요한지를 잘 알기 때문에 어린이 영어 교육에 있어서 나는 언제나 조심스럽다. 그래서 나는 오늘도 아이들과 팝송을 신나게 부르고, 매일 즐겁게 원서를 읽고 있다. 영어 공부는 때가 될 때 하면 된다. 하지만 건강한 영어 정서는 때를 놓치면 나중에 만들기가 참 어렵다. 그렇기 때문에 어릴수록 영어가 그저 즐거운 소리라는 것을 가정에서 자연스럽게 경험시켜주면 좋겠다.

이제는 테이프가 추억 속의 물건이 되었지만. 나는 아직도 아날로그 감성인 테이프만 떠올리면 그때 그 음성이 귓가에 들리는 듯하다. 그리고 자연스레 미소가 지어진다. 영어는 그렇게 내 마음에 들어왔다. 나는 앞으로도 계속 영어로 꽃피우는 삶을 살 것이다.

태어나 처음 안겼던 품으로 돌아가다

멀티 포텐셜 라이트
이채영

◇◇

"엄마. 나 진짜 많이 아파."
"그럼 집으로 내려 와."

그렇게 나는 대학 입학 후 기숙사 생활 8개월 만에 다시 엄마 품으로 돌아갔다. 감기가 한 달 넘게 지속되고 몸무게는 3kg이나 빠진 상태였다. 학교 앞 본인의 이름을 내건 내과 의사는 내 폐 X-ray의 허연 부분을 가리키며 늑막염이라고 했다. 폐에 찬 물을 빼내 주기만 하면 쉽게 낫는 병이었다. 그러나 그보다는 가슴 한가운데 작은 흰 점이 문제였다. 의사는 내가 요청할 필요조차 몰랐던 소견서도 직접 챙겨주며 부모님과 큰 병원으로 가보라고 했다.

"지금 당장 큰 병원으로 가보세요."라니 내 인생에도 드디어 드라마 같은 일이 벌어졌음을 직감했다. 기숙사 생활을 하며 친하게 지내왔던 친구들에게 작별을 고했다. 초겨울 교정의 벤치에 앉아 흘렸던 뜨거운 눈물은 스산한 바람에 금세 말라버렸다. 고속버스를 타고 고향으로 내려갔다.

엄마는 나를 데리고 대학 병원으로 갔다. 갖가지 정밀검사가 이루어졌고 곧바로 입원했다. 다음 날. 회진 시간. 하얀 가운을 입은 젊은 인턴들이 병실로 우르르 들어와서 침대에 누워있는 나를 빙 둘러섰다. 내가 아주 중요한 공부 거리인 듯했다. 그들은 병실에 들어오기 전에 나의 몸 상태에 대해 충분히 인지하고 왔을 것이다. 보기 드문 어린 환자였기 때문인지 하나같이 나를 향해 따뜻한 응원의 눈빛과 미소를 보내고 있었다.

나의 아버지는 결혼한 지 8년 만에 얻은 귀한 첫 딸이 나쁜 병에 걸렸다는 사실을 선뜻 받아들이지 못했다. 서울의 큰 병원에 가서 다시 진단받기로 작심했다. 그리하여 고단했던 50년의 인생살이 동안 쌓은 인맥을 총동원해서 최선을 다해 나를 서울의 한 종합병원으로 데려다 놓았다.

다음 날 아빠의 형제자매들이 내 병실로 몰려들었다. 큰고모는 주홍색 스웨터를 입었는데 양 볼이 스웨터 색깔만큼이나 붉게 상기되어 있었다. 환자복을 입은 나를 보자마자 두 손을 잡고 눈물을 흘렸다. 독실한 크리스천인 작은고모는 내 침대 옆에서 소리 내어 기도했다. 좀처럼 끝나지 않는 기도 소리에 한 병실을 쓰던 옆 환자와 보호자가 눈살을 찌푸렸다.

그 후로도 내 친구들과 부모님 지인들의 문병이 며칠간 이어진 뒤 엄마와 나 둘이 남았다. 그렇게 나는 스무 살 무렵 한동안 입원 생활을 해야 했고 나의 엄마는 낯선 서울의 한 병실 안 보호자 침대에서 꽤 오랜 밤을 보내야 했다. 덕분에 당시 고2였던 동생은 엄마의 뒷바라지 없이 학교에 다녀야 했다. 엄마 손을 거치지 않고서는 물 한 잔도 직접 따라드시지 않던 아빠는 어느새 빵으로 식사를 해결하는 게 익숙해졌고 일 때문에 매일 몰고 다니던 아빠의 트럭에는 트로트 대신 명상음악 테이프가 꽂혔다.

병원 생활 중 주로 누워있어야 했던 나는 신생아처럼 엄마에게 모든 것을 의지해야 했다. 병원이라는 곳은 환자에게 매우 너그러운 곳이다. 다 큰 줄 알았던 내가 핑계 없이 마음껏 어린양을 부려도 되는 곳이었다. 나는 종종 불편한 환자 침대 위에서 엄마와 부둥켜안고 나란히 누워있기를 즐겼다. 그렇게 결국 태어나서 처음 안겼던 엄마의 품에 다시 안긴 느낌은 안도감이었다. 그 품 안에서는 아파도 괜찮고 못나도 괜찮았다. 사십 대인 지금도 가끔 핑계 없이 안기고 싶을 때가 있다.

나의 첫 기억

서원
엄해정

◇◇◇

"모든 인간은 열등을 극복하기 위해 우월을 향해 나아간다"라고 1870년에 태어난 개인 심리학자 알프레드 아들러는 말했다. 열등이 보상받고자 할 때는 우월을 추구함으로써 보상받기 위한 노력을 하기 때문이다. 알프레드 아들러는 한 개인의 생활양식이 개인 각자의 기능에 영향을 미치는 것으로 보고 생활양식 조사보고서를 사용할 때 "기억할 수 있는 어린 시절의 가장 초기 기억은 무엇입니까?"라는 질문을 사용하였다.

위와 같은 질문을 통하여 자신이 왜 그런 방식으로 느끼는지. 생각하는지 등의 행동 방식을 이해하는 데 도움이 되도록 돕기 위한 질문인 것이다. 대부분의 기억은 이미지로 저장된다고 한다. 한 장의 스냅사진처럼.

"인생의 최초의 기억이 무엇입니까?" 상담 심리 수업 중 박사님께서 질문을 하셨다. 나는 살며시 입가에 미소가 돌았다. 질문과 함께 한 편의 이미지가 떠올랐다. 내 인생의 첫 장면. 초등학교 입학식 날. 분홍색의 너풀너풀 레이스가 달린 티셔츠에 파랑 원피스, 그리고 옷핀으로 가슴에 코 수건을 달고 고무신인데 검정 고무신이 아닌. 운동화 모양처럼 3선 끈 리본이 그려진 연녹색 예쁜 운동화 같은 고무신을 신고 뿌듯해하며 서 있었던 초등학교 입학식 장면이다.

그 기억을 떠올리니 입가에 슬며시 미소가 지어지면서도 한편 엄마에 대한 감사와 짠한 감정이 올라오는 장면이다. 지지리도 가난했던 시골 생활. 시골에서도 조금은 세련되었다고 자부하신 우리 엄마. 다른 아이들보다 좀 더 특별함을 선물하기 위해 운동화는 돈이 작아 못 사시고 검정 고무신이 아닌 운동화 비슷한 그림이 그려진 고무신을 사 오신 것이다.

너무 기분이 좋았다. 운동화가 아니어도 좋았다. 검정 고무신이 아니어서 좋았다. 운동화도 아닌 특별한 고무신 나에게는 한참의 애착 신발이었다. 장애의 몸을 이끌며 가난한 살림에 검정 고무신보다는 더 비쌌을 거 같은 그 특별한 신발을 선물해 주신 엄마의 배려 덕분에 나는 늘 긍정적이고 배려하는 삶을 살아간다.

심리학에서는 질문한다. 당신의 초기 기억이 무엇이며, 어떤 장면, 느낌, 감정이 느껴지나요? 이러한 초기 기억은 내가 어떤 목표를 향해 나아가도록 도움을 주기도 하고 어떤 장애를 극복해야 할지 알려주기도 한다.

지금 떠오르는 초기 기억이 만일 부정이라 할지라도 충분히 접촉하고 해소하여 각본을 재구성함으로써 긍정적인 기억으로 전환 살아갈 수 있다. 힘들고 어렵기만 했다고 생각했던 어린 시절에서 초기 기억을 통해 아름답고 귀한 한 장의 스냅사진을 건지게 되었음에 감사하는 시간이다.

초기 기억이 긍정이든 부정이든 내 인생의 각본은 내가 쓰고 내가 선택한다.

처음 진단받던 날, 나의 죄책감이
나를 행복한 엄마로 세우다

그럼에도 불구하고 나를 찾아가는 나 바라기

권정란

◇◇

나는 아이들에게 항상 바쁜 엄마였다. 내 일하기 바빴고, 아이들에게도 열심히 사는 부모의 모습을 보여주는 게 부모로서 좋은 본보기라 생각하며 살아왔다. 내가 하는 일에 자부심을 느끼며, 매사에 열심히 하려고 했다. 엄마로서의 삶보다는 나의 삶에 집중하며, 내가 행복해야 아이들이 행복하다고 생각했다.

아이들을 독립적으로 키우고 싶었다. 어차피 인생은 스스로 혼자 만들어 가야 한다는 것을 알려주고 싶었다. 그러면서 아이들이 스스로 자신의 삶에 책임질 수 있도록 키운다는 핑계로 나의 바쁨을 합리화하기도 했다. 워킹맘으로 힘들기도 했지만 그래서 또 자부심이 있었다. 사회적으로도 잘 이루어 내고 있었고, 아이들도 나의 관심도에 비해 너무 잘 자라주어서 나의 이런 교육철학이 꼭 정답인 것만 같았다. 이대로 나의 인생과 내 가족은 행복할 것만 같았다.

행복하기만 하던 어느 날 갑자기 나에게 처음으로 죄책감이 크게 짓누르는 날이 왔다. 내가 사랑하는 딸이 초등학교 6학년 때 암 진단을 받았다. 슬픔이 밀려오기도 전에 가장 먼저 든 생각은 죄책감이었다. 딸이 아픈 것이 모두 나의 잘못만 같았다.

'내가 딸을 가졌을 때 뭘 잘 못 먹었을까?' '내가 태교를 잘 못 했을까?' '아이에게 너무 스트레스를 줬나?' 이런 물음은 꼬리에 꼬리를 물고 나를 괴롭혔다.

그렇게 나를 괴롭히다가 그다음 신께 묻고, 원망하기 시작했다. '제가 뭘 잘못했나요?' '저는 정말 누구에게도 해 끼치지 않고, 바르게 살려고 노력했어요!' '신이 계신다면 저에게 이럴 수는 없다!'라고, 하느님이고 부처님이고 신은 없는 거라고… 그렇게 나를 괴롭히고, 신을 부정하며 원망했지만, 현실은 현실이었다. 아이 앞에서 나약해지는 엄마를, 흔들리는 엄마를 보여주고 싶지 않았다. 아이를 불안하게 하고 싶지도 않았다. 그렇게 또 나는 나의 모든 감정은 뒤로한 채 엄마로 있어야 했다.

아이에게 다 잘 될 거라고 함께 이겨내자고 말했지만, 그 말은 결국 나에게 하는 말이었다.

처음에는 죄책감, 원망, 좌절 등 여러 가지 부정적인 감정이 들었다. 하지만 받아들이고 인정하는 순간 감사한 마음이 들었다.

'큰 병원에서 치료받을 수 있음에 감사합니다.' '그동안 딸과 보내지 못한 시간 함께 보낼 수 있게 해 주셔서 감사합니다.' '저를 자만에서 꺼내 주셔서 감사합니다.' '힘든 사람들을 바라볼 마음의 거울을 주셔서 감사합니다.' 감사한 일들이 너무도 많았다.

아이가 아프지 않았다면 몰랐을 세상. 저에게 더 넓은 세상을 보게 하려는 뜻이었다는 것을 새삼 느꼈다.

그동안 우리 모녀에게는 너무나 많은 일이 있었다. 아이는 전이와 재발을 반복했고, 수술도 여러 번 했다. 그러면서 나는 사회적 지위를 내려놓아야 했고, 그 대신 딸과의 시간을 선택했다. 사회적으로 인정받고 싶은 욕구가 쉽게 내려놓아지지 않았지만 생각은 많이 바뀌었고, 아이와 함께 보내는 내 삶도 행복하구나. 외적으로 보이는 행복보다는 내적 행복이 더 큰 만족을 준다는 것도. 그 행복이 커다란 무엇이 아니라, 아이와 눈 마주치고 맛있는 음식 먹을 때, 서로 좋아하는 주제로 이야기할 때, 함께 드라이브할 때라는 것이다.

나에게 행복은 함께하는 것이라는 것을 인생의 커다란 죄책감을 경험하고 나서야 알게 되었다.

다시 산에 오르기 시작했다

지금의 나로 충분하다
국성희

◇◇

　스물한 살. 나는 돈이 없었다. 등록금을 언니가 도와준 덕분에 야간 대학을 다닐 수 있었고, 해외 졸업여행을 앞두고 있었다. 차마, 졸업여행비까지 부탁할 수 없었다. 나도 염치 있는 사람이었기에 나만을 위한 졸업여행을 고민하다 산행을 생각했다.

　당시 교차로 신문에 토요일 밤에 출발하는 야간 산행부터, 일요일 새벽에 출발하는 당일 산행까지 다양한 광고가 나오고 있었다. 나는 특별한 졸업여행을 위해 설악산 야간 산행을 선택했다. 4㎞를 걸어 학교에 다녔던 튼튼한 두 다리지만, 이렇게 산에 오르는 건 처음이었다. 그것도 야간산행이라니! 잠이 많은 나는 불안했지만 토요일 저녁 관광버스를 타고 출발했고 잠에 취해 졸다 보니 출발지 주차장에 도착했다. 여행사에서 준비한 뜨끈한 우거짓국에 밥을 말아 먹고 드디어 설악산 산행을 시작했다. 커피까지 마셨지만 잠은 달아나지 않았다. 오르막길을 꾸벅꾸벅 졸면서 산을 오르는 나를 보며 일행들이 웃었다. 새벽이 다가오고 어느새 잠은 달아났다. 그리고 깡충깡충 토끼처럼 암벽을 오르내리며 하산했을 때 나는 마침내 내가 해냈다는 자신감이 생겼다.

　졸업 산행 이후 이산, 저산 참 많이도 다녔다. 친구들과 함께 오르기도 했고 힘들 때 혼자 지리산에 오르기도 했다. 밤 기차로 구례 역에 내려와 새벽 공기 속에 마시는 자판기 커피로 두려움과 설렘을 함께 했다. 택시를 타고 성삼재에 도착하여 노고단을 시작으로 쭉 이어지는 능선을 탔다. 세석산장에서 1박 후 장터목산장을 지나 천왕봉까지. 2박 3일 코스로 다녔다. 컨디션이 좋은 날은 성삼재부터 장터목 산장까지 내리 걸었다. 세상이 나를 붙잡을 때. 걷고 또 걷고 싶을 때 나는 지리산에 있었다.

가고 싶은 산들이 계속 생겼다. '그래. 산을 다니면 여기를 가야지!' 회사를 그만두고 나의 첫 해외 여행지이자 제2의 고향인 네팔행 비행기를 탔다. 내가 갈 곳은 에베레스트 옆에 있으며, 안나푸르나 트레킹 코스였다. 설산을 감상하며 오를 수 있는 산은 감동으로 하루하루를 맞아주었다. 아름답고 평화로운 풍경이었다. 사람들은 음식을 잘 먹지 못했지만 나는 다 맛있었다. 벌레들이 많아서 무섭기도 했다. 베이스캠프에 거의 도착했을 땐 고산병으로 두통이 와서 고생했지만 9박 10일의 여정은 벅찬 감동이었다. 내가 생각해도 그때 나는 멋졌다.

결혼하고 아이들과 지내면서 어쩌다 산에 오르기는 했지만. 거의 다니지 못했다. 그러다 휴직하게 됐다. 몸도 마음도 아팠다. 우선은 나를 위로해야 했다. 내가 좋아하는 걸로 나를 채워야 한다는 생각이 들었다.
'그래. 산에 가자!'

산길을 걸으면서 아무 생각 없이 라디오를 듣기도 하고 때론 후회. 원망. 억울함 등 여러 마음이 교차한다. 불편한 생각들이 차오르면 몸이 무거워진다. 그러다 욱신거리는 무릎 때문에 '언제 내려가나?' 싶은 생각만 든다. 다 내려와서는 또 같은 생각을 한다. 내일 또 와야지!

마지막 포옹

아름다운 동행 상담센터 소장
김희정

◇◇

50세는 하늘의 뜻을 안다는 의미로 지천명(知天命)이라 한다. 지천명에 들어선 어느 날 한 분과 진한 포옹을 하며 흘렸던 눈물이 기억이 났다. 기억과 함께 그분 가슴의 그리움을 알아차리게 되었지만 이미 때는 늦었음을 안 나는 마음속 깊은 회한의 눈물을 흘리며 그분을 그리워했다.

시골에서 고등학교까지 마친 후 대학을 서울로 진학하게 되면서 상경하게 되었다. 시골집에서 서울까지는 직행버스에서 고속버스로 환승을 하며 꼬박 6시간 이상 걸리는 거리였다.

여학생 혼자 사는 것이 걱정되었던 부모님의 권유로 나는 오빠 신혼집에서 얹혀살게 되었다. 그때는 부모가 하라는 대로 하여야만 되는 줄 알고 살았던 시대였기에 신혼부부였던 오빠와 올케의 눈치를 나 스스로 보면서 지냈던 것 같다.

상경 후 반년이 지나고 처음 맞게 된 한가위 추석 명절이 되었다. 오빠와 올케는 명절을 지내러 시골로 내려갔다. 지금 생각해보면 나도 데려가 달라고 왜 말하지 못했을까? 오빠는 함께 내려가자고 내게 왜 묻지 않았을까? 의문이 들 법도 하지만 그 당시에는 전혀 아무런 말도 할 수 없었던 분위기였던 것 같다.

낯선 서울에서 처음 맞게 된 추석 밤 엄청나게 커 보였던 보름달을 가슴에 품고 서울 하늘 아래 고향이 그리워 울고. 할아버지 비롯 부모님이 그리워 하염없이 울고 또 울었다.

그 후 더 이상 내게 떠오르는 기억이 없었다. 나의 기억은 여기까지 경계를 그어주었고 빛 바랜 사진 한 장처럼 내 가슴에 살아남아 있을 뿐이었다.

그리고 몇 년 전 어느 날. 갑자기 떠오르는 한 분이 계셨다.

6살이던 나의 머리를 손수 직접 감겨주셨던 분. 5학년 아이가 두발자전거 배운다며 타다 넘어질 때 뒤에서 균형을 잡아주셨던 분. 나의 학창시절 일거수일투족을 알고 싶어 하시던 분. 학력고사를 치른 직후 첫 미팅의 히스토리까지 알고 계신 분. 내 성적표를 받아들고 부모님 모르게 학부모란에 확인 도장 찍어주셨던. 첫 미팅에서 만났던 친구가 내게 보내준 편지를 가슴에 품고 손녀딸 오기만을 기다리고 계셨던 나의 할아버지.

서울 상경 후 처음으로 귀향해 할아버지를 뵌 순간 누가 먼저랄 것 없이 서로 껴안고 엉엉 울어버렸던 그 장면. 사진의 한 컷으로 내 마음에 살아 움직일 때 나는 쉰이 넘어서야 그분의 심정이 어떠하였을지 아주 깊게 공감할 수 있었다.

당신의 친구였고. 말벗이었던 손녀가 얼마나 그립고 보고 싶었을지 그 마음을 이제야 헤아리게 되었다. 온전히 내 편이 되어주셨던 할아버지.

'보고 싶습니다. 당신이 무척이나 그립습니다.'

내 인생 첫 라이딩, 뜨겁던 한강 라이딩

도전하는 엄마
김은진

◇◇◇◇◇◇◇◇◇◇◇◇◇◇◇◇◇◇◇◇◇◇◇◇◇◇◇◇◇◇◇◇◇◇◇◇◇◇

어려서부터 겁이 많았던 나는 평생 바퀴와 친해질 일이 없을 줄 알았다. 어릴 적 친구의 자전거를 빌려 탔다가 호되게 넘어져 왼쪽 뺨과 턱, 팔꿈치, 무릎이 다 까지고 피를 본 후 그대로 영영 자전거와 담을 쌓았다. 대학 시절, 자전거가 흔한 교통수단인 중국에서 어학연수를 할 때도 자전거를 탈 시도조차 하지 않았다. 친구들은 그런 나를 답답해했지만 낯선 땅에서 군이 마음을 졸여가며 자전거와 가까이 지내야 할 이유도 절실함도 없었다.

어느 때인가부터 '따릉이(서울시 공공 자전거)'라는 것을 동네 엄마들이 타고 다니기 시작했는데. 따릉이를 한바탕 거하게 타고 온 날 그들의 표정은 세상을 다 가진 듯 환하고 즐거워 보였다.

"언니도 탈 수 있어요. 우리가 안내해 줄게요."
그 유혹에 내 마음에도 동요가 일었다.

2022년 8월. 햇살이 뜨겁던 한가로운 평일 낮, '저 엄마도 타는데 시도나 해볼까?' 얼떨결에 홀린 듯 그녀들을 따라나섰다. 그렇게 범접할 수 없었던 자전거의 세계에 나이 서른아홉에 드디어 발을 들이게 되었다.

집 근처 성북천에서 출발하여 한강 자전거 길을 통해 성수동에 있는 햄버거집에 가는 것이 목표였다. 아들 자전거에 한두 번 앉아 본 적이 있어서 중심은 잡을 수 있을 줄 알았는데, 자전거 핸들이 자꾸 비틀거렸다. 역시 처음부터 너무 무리한 시도였을까? 조금 가다 멈추고 다시 올라타고 위태위태하게 가는 나를 보고 지나가는 바이커들이 외쳤다.

"시선을 멀리! 몸을 곧게!"
온몸에 식은땀이 흘렀다. 정신을 차리고 손아귀에 힘을 주어 핸들을 붙들고 배에 힘을 주어 몸을 세우고 다시 페달을 밟았다.

'오, 이제 똑바로 가는구나! 느낌을 조금 알겠다.'
서서히 두려움을 극복하며 내 몸을 다스리며 내 박자에 맞게 천천히 페달을 밟으니 갈 만했다. 긴장해서 안 보이던 풍경들도 눈에 보이기 시작하니 정말 상쾌하고 뿌듯했다. 드디어 눈앞에 드넓은 한강이 펼쳐졌다.

'우와! 내가 한강을 달리고 있어!'
새가 하늘을 나는 것처럼 자유롭고 후련한 기분을 느꼈다. 그때 불어오던 강바람이 얼마나 포근하고 부드럽게 나를 감싸주던지. 내 눈에 땀인지 눈물인지 모를 것이 자꾸 맺혔다. 이 벅찬 감정을 평생 모르고 살았으면 너무 억울했을 것이다.

15㎞. 2시간. 나의 역사적인 첫 라이딩 기록이다. 그 후 지친 내 몸을 채워주던 성수동 햄버거와 탄산음료의 달콤함과 짜릿함은 말해 무엇 하랴. 느리고 서툰 나를 기다려 주고 뒤에서 묵묵히 지켜봐 준 이들의 응원과 따뜻한 배려가 있었기에 가능했다. 우리는 앞으로도 한 달에 두어 번 여유로운 평

일 오전에 자전거를 타기로 했다.

한창 젊었을 때보다 몸은 분명 더 녹슬었는데 마음은 더 여유롭고 넓어졌다. 새로운 것을 시도할 열정은 더 샘솟는다. 그렇게 시도하고 이룬 작은 성취가 삶을 풍요롭게 한다. 매일 쳇바퀴처럼 반복되는 일상 속에 그저 나이만 먹은 것이 아니라 마음이 성장했구나.

'맞아! 그래서 주부도 경력이다!'

스마트폰과 TV에서 벗어나
소통과 공감의 문화를 만들자

한국자존감심리협회 회장
허채원

◇◇◇

　50대 초반인 나는 밤하늘의 빛나는 별빛과 달님 그리고 가을이면 울어대는 풀벌레 소리를 친구 삼아 전깃불도 들어오지 않은 산골 오지마을에서 살았다.

　가끔 어머니가 호롱불을 켜시고 읽어주시는 『장화홍련전』, 『홍길동전』, 『심청전』은 내 어린 시절 유일한 동화였다. 어머니의 무릎을 베고 목소리를 통해 이야기를 들으며 계모를 상상하고, 의적 홍길동의 얼굴을 상상하기도 했다. 그중에서도 제일 좋았던 것은 내가 사랑받고 존중받고 있다고 느끼며 행복감에 젖어 잠이 드는 일이었다.

　초등 4학년쯤 동네에 '전기'라는 것이 들어 왔다. 호롱에 석유를 붓지 않아도 스위치만 켜면 대낮처럼 환해졌고, TV가 우리 집에 등장했다. 이전에는 라디오에서 나오는 연속극을 보며 한마디라도 놓칠세라 집중하고 상상하며 들었다. TV의 영상은 너무 친절하게도 상상할 필요 없이 다 보여주었다. 어머니의 무릎 대신 마당에 멍석을 펴고 온 동네 사람들이 옹기종기 모여 TV에 넋을 놓고 바라보다 스르르 잠이 드는 환경으로 바뀌었다. 더 이상 어머니의 무릎은 내 것이 아니었다.

　세월이 흘러 이제는 컴퓨터, 멀티미디어가 난무하는 SNS세대가 되었다. 어른들은 스마트폰의 노예가 되어 스마트폰이 없으면 불안을 느낄 정도의 장애를 겪고 있으며 아이들이 떼를 쓰면 부모들은 스마트폰을 손에 쥐여주고 아이들이 상상할 기회를 잃게 하고 있다. 아이들은 성격이 급해지고 화가 나면 참지를 못하며. 폭력물에 너무 쉽게 노출되어 모방범죄를 한다거나 과격한 행동을 따라 하는 폐해까지도 등장하게 되었다.

스마트폰이나 미디어에 과도하게 노출된 아이들은 한곳에 집중을 잘 하지 못하며. 산만하고 충동적인 성향을 보인다. 그렇다면 이 아이들이 성인되었을 때는 어떤 모습을 보일지 생각해보았다.

행동장애의 증상을 가진 아이가 성인이 되면 일을 순서대로 진행하기 어렵고, 효율적으로 일을 처리하지 못하며. 중요한 일을 미루다 끝까지 하지 못하는 경우가 많다. 과잉행동적인 측면에서 보면 어릴 때는 과도하게 움직이며 한시도 가만히 있지 않고, 말이 많으며 얌전하게 있는 것이 어려운 모습을 보이다가 성인이 되면 활동적인 직업을 고른다거나 일 중독에 빠지기 쉽고 과도하게 책임을 지려는 등 강박적인 양상으로 변하기도 한다.

충동적인 면에 있어서는 짜증을 잘 내고. 차례를 기다리기가 어려워하며, 다른 사람의 말에 끼어드는 모습을 보이던 어린 시절에서 어른이 되면 직장을 충동적으로 그만둔다든지. 감정적으로 타인과의 관계를 끊거나 다혈질적이고 쉽게 화를 내는 성인ADHD 증후군으로 나타날 수 있다.

많이 배우지는 못하셨어도 어머니의 교육방식은 옳았다. 그리고 어머니는 참 위대하시고 지혜로우셨다. 어머니 무릎 베개를 통해 책과의 소통. 세상과의 소통하는 법을 가르쳐주셨다.

어머니의 사랑에 감사하며 이 글을 마친다.

책 읽어주는 엄마 선생님

늘 어제보다 내일이 나은 엄마
강정순

◇◇

큰아들을 키우면서 나는 늘 모든 것이 처음이라 서툴렀고 처음 하는 엄마가 힘들었다. 첫째와 8살 터울 동생의 초등학교 입학을 앞두고 큰아들에게 질문을 했다. "초등학교 시절 가장 좋은 기억이 뭐야?" 중학생이 된 큰아들의 대답은 뜻밖이었다. 그것은 바로 엄마와 손을 잡고 함께 등교 했던 기억이라는 것이었다.

둘째는 우리에게 고마운 선물이었다. 소중한 '육아휴직'을 얻게 되었고 출산 전 마지막 달 큰아들과 손을 잡고 등하교를 할 수 있었다. 등굣길에는 만나는 친구들과 엄마들에게 큰 소리로 인사하는 아들을 보며 뿌듯함을 느꼈고, 하굣길에는 가까운 길을 일부러 중랑천으로, 놀이터로 돌아오곤 했다. 아이들은 엄마의 사랑을 먹으면서 자란다고 했던가? 이런 소소한 기억이 아들의 가장 소중한 추억이라는 사실에 나는 뭉클해졌다. 그리고 둘째는 더 자주 소소하고 소중한 추억을 만들어 주리라고 결심하게 되었다.

둘째가 초등학교에 입학한 지 얼마 지나지 않아 도착한 '책 읽어주기 지원단 신청서'는 나에게 운명과도 같았다. 떨리는 마음으로 신청서를 제출하고 '책 읽어주는 엄마 선생님'으로 학교에 처음 간 날은 아침부터 가슴이 쿵쾅쿵쾅 뛰었다. 오히려 새 직장에 갈 때 덜 떨었던 것 같다. 반 친구들에게 예쁘게 보이고 싶어 옷을 몇 번이나 갈아입었는지 모른다. 둘째 아들의 손을 잡고 등교하는 길에 구름이 평소보다 더 높이 솟아 있는 것 같았다.

다른 날은 교문 앞에서 아이에게 손을 흔들며 인사하고 돌아섰지만. 그날은 아들의 손을 꼭 잡고 교문을 넘었다. 목에는 '책 읽어주기 지원단' 명찰을 달고 있었다. 무엇이 그렇게 자랑스러운지 아들은 연신 싱글거리며 만나는 선생님마다 자랑했다. "선생님. 선생님. 우리 엄마 책 읽어주기 선생님이에요." 아이의 얼굴에 비친 자랑스러운 표정이 마음을 간지럽게 해주었다. 아들은 먼저 교실에 들여보내고 떨리는 마음으로 교실 문밖에서 기다리고 있는데 "책 읽기 선생님 들어오세요."라고 담임 선생님이 부르신다. 교실에 들어서니 교실 안 풍경은 내가 다녔던 초등학교와 닮은 듯 달라진 듯했고 예쁘고 사랑스러운 아이들의 얼굴 속에서 내 아이를 발견한다.

나를 바라고 있는 반짝이는 눈망울들을 보니 떨리는 마음은 어느새 설렘으로 바뀌었다. "안녕하세요. 저는 1학년 5반 친구들과 함께 책을 읽으러 온 선생님이에요."하고 인사를 하니 맑고 청아한 목소리로 아이들이 함께 인사를 해왔다. "안녕하세요. 선생님." 그리고 또 인사를 해 온다. "선생님, 우리 엄마랑 닮았어요. 머리 스타일까지 똑같아요!" 아직은 엄마가 세상에서 최고일 아이들에게 최고의 칭찬을 들었다고 생각하니 떨리는 마음이 잦아드는 것 같았다. 그리고 가지고 온 책들을 한 권씩 읽어주기 시작했다. 아이들은 귀를 쫑긋 기울인다. 그리고 재미있는 장면에선 다 같이 와르르 웃는 웃음소리가 악기 연주처럼 아름다운 화음을 낸다. 책을 읽고 질문을 던지면 너도나도 손을 들고 스스럼없이 대답해온다. 감격스러운 마음에 살짝 눈시울이 붉혀지기도 했다.

책을 읽으러 가는 전날 남편은 나에게 책을 통해 아이들에게 무엇을 전해 주고 싶은지 물었었다. 나는 책을 통해 아이들에게 감동을 주고 싶다고 대답을 했었다. 남편은 1학년 아이들에게 어려운 걸 기대한다며 웃었지만 나는 책 읽는 시간이 끝나가려고 할 때 아. 감동은 내가 받아가는구나 라고 깨닫게 되었다. 오늘도 나는 아이들과 함께 한 뼘 자라간다.

물 속 첫 경험, 나에게는 도전의 시작이었다

삶애(愛) 진심인 5개월 아이 맘
전애진

◇◇

나는 물을 싫어하는 일명 맥주병이다. 머리를 감을 때가 아닌 이상 물놀이에서조차 절대로 머리를 물속에 담그지 않는다. 숨을 쉬지 못하는 괴로움과 이러다가 죽을 수도 있겠다는 두려움과 공포심이 엄청나기 때문이다.

몇 해 전 아이들을 떼어놓고 12주간 지방으로 직무교육을 간 적이 있다. 평일 퇴근 시간 이후는 오롯이 나를 위해 시간을 사용할 수 있는 아주 꿀 같은 일정이다. 나 혼자만의 시간이 얼마 만이었을까. 둘째를 출산하고 처음이니 6년 만이다. 그동안은 육아와 살림 그리고 일에 치여 혼자만의 시간을 갖기가 어려웠기 때문이다.

"12주간의 교육 기간 동안 사람 만나서 술 마시고 인맥 만드는 거 정말 중요합니다. 하지만 목표를 하나 가져보세요. 골프 연습을 한다던가 테니스를 친다던가 아니면 수영을 할 수도 있어요. 무엇을 할지 생각해 보세요. 그리고 목표가 생겼다면 오늘 실천해 보십시오."
교육을 시작하는 첫날 담당 선생님께서 이런 말씀을 하신다.

수영이라는 단어에 홀리기라도 한 듯 퇴근길에 새벽 수영을 등록했고 그렇게 내 인생의 첫 물속 경험이 시작되었다. 나의 목표는 12주 동안 수영 초급 과정을 수료하는 것이었고, 그러기 위해서 단 하루도 결석하지 않기로 했다. 매일 평소 깊은 물에서는 안전을 위해 벽 쪽에서 연습했다.

그러던 어느 날 로프가 있는 쪽에서 하게 되었다. 붙잡을 수 있는 든든한 벽이 없어서였는지 긴장했던 모양이다. 출발한 지 얼마 되지 않아 호흡이 엉키고 손발의 박자가 제멋대로 되더니 결국 물에 빠지고 말았다. 내 키보다 높은 물속에서 허우적대는 나를 발견하고 강사님이 꺼내 주신 덕분에 나올 수 있었다. 나는 물속에 빠졌던 그 날의 경험으로 인해 두려워하거나 포기하지 않았다.

12주가 되던 마지막 날 초급과정 테스트를 통과했고, 그 기쁨은 말로 표현할 수 없을 정도였다. 좌절로 인해 수영을 포기했다면 내 목표를 달성하지 못했을 것이고 이후 또 다른 도전들 앞에 주저하고 망설였을 것이다. 수영이라는 인생의 새로움을 경험해 보니 그것에서만 느낄 수 있는 소중한 것들을 느낄 수 있는 계기가 되었다.

수영이 누군가에게는 쉽고 단순한 스포츠일 수 있다. 하지만 나에게는 새로운 것을 경험하고 도전할 수 있는 발판이 된 셈이다. 둘째 딸이 얼마 전부터 수영을 배우기 위해 집 근처 스포츠센터에 다니고 있다. 아이가 물속에서 발차기하는 모습을 보면 처음 수영을 배우던 내 모습이 떠오른다.

'시작은 그 일의 가장 중요한 부분이다.'라고 고대 그리스 철학자 플라톤은 말했다. 무언가를 하려면 시작하는 것이 가장 중요하다. 생각만 하고 망설이는 것은 결과를 만들 수 없기 때문이다. 그러므로 나는 오늘도 새로움에 도전하기 위해 시작한다.

마침내 저도 가지게 되었습니다

이야기를 나누는 낭만 작가
윤소정

◇◇

"이모는 꿈이 뭐였어요?"

토끼처럼 동그란 눈을 가진 조카가 큰 눈을 더 크게 부릅뜨고 묻는다. 요즘 최대관심사인지 나를 마주칠 때마다 앞을 막고는 툭툭 던진다. 이 질문에 선뜻 대답이 나오지 않는다. 초등학생 때 선생님께 적어냈던 것을 기억하지 못해서가 아니라 실은 되고 싶은 게 없었다.

"으음, 간호사."

아이의 호기심을 채워주기 위해 평소보다 작은 목소리로 눈을 다른 곳으로 돌린 채 통지표 위의 그 단어를 찾아 말해주곤 한다.

어릴 적 하고 싶었던 게 없었던 난 잘하는 게 있는 친구들이 늘 부러웠다. 매일 쉬는 시간이면 종이와 연필을 쥐고 그림을 그리는 아이를 보면 무언가에 푹 빠져있다는 게 멋져 보였다. 성적 좋고 친구들과도 잘 지내는 학급 임원들은 무엇이든 할 수 있다는 당당함이 느껴져 샘이 나곤 했다. 그런 그들과 달리 특별히 무언가를 잘하지도 딱히 못 하지도 않는 어중간한 상태였던 난 결국 고만고만한 대학의 학과에 들어가 치과위생사가 되었다. 병원에 취업했고 짝을 만나 결혼을 한 뒤, 운 좋게도 엄마가 되었다.

이 뻔하고 평범한 일상 가운데 아주 조금 남다른 점이 있었다면 단 하나, 책을 읽는다는 것이었다. 내가 믿는 신이 의심스러울 땐 종교 관련 서적을 탐독했고, 사랑이 어렵다고 느껴질 땐 로맨스 소설을 쌓아놓고 읽었다. 또 결혼을 앞두고는 부부 이야기를, 아이를 키울 땐 육아서적을 읽으며 방향을 잡아갔다.

늘 내게 친구였던 책을 읽다 보니 내 이야기도 한 번쯤 써보고 싶다는 생각이 들었다. 필연적으로 먹다 보면 언젠가 화장실을 찾게 되듯, 읽으면 쓰고 싶어진다. 나만의 해우소를 만들기로 했다. 방치되어있던 블로그를 열어 글을 적기 시작했다. 쉽진 않았지만 쓰고 나면 뭔가 모르는 후련함과 시원함이 있었다.

덤으로 이웃들이 다가와 남겨주는 댓글들을 보며 흑백 같던 일상이 컬러로 바뀌는 것 같았다. 공감하며 읽었다는 댓글 하나에 종일 가슴이 콩닥거렸고, 배려성의 댓글인 줄 알면서도 잘 읽힌다거나 글이 좋다는 말에 입술이 씰룩거렸다. 그러다 처음으로 나도 꿈이란 걸 가지게 되었다. 내 이야기를 나눔으로 누군가에게 보탬이 되는 삶을 살고 싶다는 바람, 언젠가 내 글이 누군가에게 힘이 되고 위로가 되었으면 좋겠다는 작은 소망이 자꾸 새로운 곳으로 나를 밀어 넣었다.

우연히 알게 된 아마추어 작가들의 놀이터라는 플랫폼에 작가 신청을 한 뒤 두 번 만에 합격 메일을 받았다. 대학을 붙었을 때보다 더 크게 소리를 지르고 말았다. 그리 바라던 일이었는데 오히려 '작가'라는 호칭 앞에 부담감이 커져 하나도 발행할 수 없었다. 이런 마음을 남편에게 토로하자 그는 이런 말을 해주었다. 운전면허증 땄다고 운전을 잘하는 게 아니듯 이제 자격이 생긴 것뿐이라고. 잘 쓰지 못하는 게 당연한 거라고. 그냥 쓰면 된다고.

맞는 말이었다. 면허를 따고 한 달 만에 겁 없이 어디든 능숙하게 몰고 다니는 사람이 있는가 하면 나처럼 마음 졸이지 않기까지 십 년이란 세월이 걸리는 사람도 있다. 그리 생각해보니 꿈을 꾼다는 것은 특별히 잘하는 것을 찾는 게 아니라 오래오래 하고 싶은 일을 찾는 거였다.

마침내 가지게 된 이 꿈이 예뻐서 오늘도 이리 보고 저리 보며 또 들여다본다.

내 인생의 전환점, 첫 배낭여행

그럼에도 불구하고 나를 찾아가는 나 바라기
권정란

◇◇

인도. 내 인생의 전환점이 되어준 첫 배낭 여행지이다.

20여 년 전. 대학 입학 후 첫 번째 나의 버킷리스트였던 배낭여행을 가기로 한 뒤 어느 나라를 갈지 참 많이도 고민했다. 그 와중에 영어 회화 학원과 아르바이트를 병행하며 아침부터 저녁까지 고된 나날이었지만 무언가를 목표로 열심히 하고 있다는 점이 스스로 대견하고 뿌듯했다.

그 당시 대학생들은 방학 동안 유럽 배낭여행을 다녀오는 친구들이 많았다. 내가 배낭여행 준비를 열심히 하는 모습을 보며 부모님과 친구들은 당연히 유럽에 갈 거라고 생각했다. 하지만 난 지금 할 수 있는 여행을 해보고 싶었다.

한참 사춘기의 나이에 철학. 인문계열 책을 읽으면서 삶과 죽음. 나의 존재에 대한 고민을 무던히도 하며 나를 좀 더 원초적인 곳으로 데려가고 싶었다. 수많은 고민 끝에 인도로 결정했다. 그때는 스마트폰이 없어서 미리 알아보고 챙겨야 할 것들이 많았다.

인터넷 카페에서 정보를 모으고. 정보를 알기 위해 그 나라 여행 책자도 구입해야 했다.

2001년 1월 1일 드디어 비행기에 내 몸을 실었다. 나의 배낭여행의 시작이었다.

하필이면 인도에 간다고 엄마는 공항에서 참 많이도 우셨다. 지금 생각해 보면 웃음이 난다. 한편으로는 내 딸이 혼자 인도로 배낭여행을 간다고 하면 인도를 다녀온 나도 걱정이 참 많이 될 것 같다.

인도를 생각하면 아직도 쾌쾌한 인도 특유의 냄새가 나는 듯하다. 아침마다 '짜이를 파는 아저씨의 외침도 귓가를 맴돈다.

인도는 나에게 참 많은 생각과 글을 쓰게 했다. 내가 생각했던 삶과 죽음이 한 곳에 있었던 갠지스강 강가를 잊지 못한다. 누군가는 강에서 몸을 씻으며 건강과 축복을 염원하고, 그 옆으로는 시체를 든 사람들이 줄을 지어 지나간다. 그 강을 따라 화장터가 줄지어져 있고 시체 타는 냄새가 진동한다.

'삶과 죽음이 이렇게 아무것도 아닌 것처럼 공존할 수 있다면 지금 행복한 일을 하는 것이 맞다.' 그날 저녁 나는 글을 길게 적었던 것 같다. 내 인생을 결정하는 것이 타인의 시선에 머물지 않아야 하고, 나 자신을 제대로 보는 것이라는 결론을 내렸다.

귀국 후 나는 진로를 바꿨다. 부산에 살던 나는 공부를 하러 서울로 올라오게 되었다. 지금 생각하면 참 용기 있었다는 생각이 든다. 그리고 내 의견을 존중해 주셨던 부모님에게도 참 감사하다. 만약 그때로 다시 돌아간다고 해도 나는 똑같은 결정을 내릴 것이다.

지금 이렇게 글을 쓰고 있는 나는 또 다른 인생의 전환점에 와 있는지도 모른다.

첫 출간 『내 인생을 바꾼 사람들』 책을 쓰고 작가를 꿈꾸다

매일 아침 산책으로 시작해 도서관으로 놀러 가는 엄마
지해인

◇◇◇◇◇◇◇◇◇◇◇◇◇◇◇◇◇◇◇◇◇◇◇◇◇◇◇◇◇◇◇◇◇◇◇◇◇◇

은행원은 나의 첫 직업이고, 작가는 이제 되고자 하는 직업이다. 『내 인생을 바꾼 사람들』이란 책에 공저로 글을 쓰고 출간 전 병원에 PET 결과를 들으러 갔다. 치료 후 괜찮아졌다는 말을 들었다. 결과를 듣는 일은 늘 너무 무섭고 떨려서 고개를 숙이고 긴장하고 있었다.

"괜찮아졌어요. 한 달 뒤에 오세요." 제일 듣고 싶었던 말이라 눈물이 왈칵 쏟아졌다. 물론 재발하지 않도록 앞으로도 육체적 건강과 심리적 안정에 많이 힘을 쏟아야 하지만 정말 감사한 마음이었다.

글을 쓰면서 내 이름 뒤에 '작가'라는 단어를 처음 들어 보았다. 되고 싶고 들어보고 싶던 단어 "작가님"이란 호칭에 정말 기분 좋고 설렜고 한편으로 내가 과연 작가라는 단어를 들어도 부끄럽지 않을 실력일까 생각도 들었다. 책에 내 글 한 편 실렸는데 내 이름으로 책 한 권 써보고 싶다는 생각에 이르자 글을 정말 잘 쓰고 싶은 마음이 들어 더 배우고 싶어졌다. 우선 책이랑 더 많이 가까워지고 싶다고 생각하며 '독서지도사' 과정을 찾았고 관심이 생겨 수업을 듣고 자격시험을 앞두고 있다.

글과 단어에는 매력과 힘이 있다. 글을 쓰면서 머릿속과 내 삶의 방향도 정리가 되어서 내가 무엇을 하며 어떻게 살고 싶은지 생각해보게 되고 쓰고 나면 새로운 일에 도전하고 싶어진다. 책 출간 후 진짜 나다운 인생을 잘 살기 위해 하루하루 감사하며 보내고 있다. 매일 아침 율하천에 나가 새 소리와 물소리를 들으며 계절과 절기에 따라 변해 가는 자연을 느끼면서 걷고 있다. 주 1회 사찰 요리를 배우며 내가 즐겼던 자극적이고 간편한 음식이 아닌 직접 해 먹을 수 있는 건강한 음식을 경험 중이다. 그리고 나 자신을 잘 알고 사랑하고 싶어 온라인으로 독서 모임도 하며 배우고 있다.

이 책을 쓰며 진짜 작가의 삶을 꿈꾸게 되었다. 내 몸과 마음이 힘들 때 좋은 그림책과 다양한 책을 읽으며 삶의 위안이 되고 힘을 받았다. 사랑하는 두 딸을 위해 읽어주던 그림책을 엄마인 내가 직접 만들어 읽어주고 싶기도 하고 내가 경험하고 배웠던 것들을 책으로 써서 누군가에게 삶의 희망을 주고 싶기도 하다. 체력을 잘 키우고 많이 배워 학교, 도서관, 은행 병원 같은 곳에서 강의도 하며 에너지 있고, 새롭게 삶을 살며 다른 이들에게 꿈과 희망을 줄 수 있는 선한 영향력을 가질 수 있기를 소망해 본다.

혼자 글을 쓴다고 생각하면 참 막연했을 것 같아 시도해 보지 못했을 것 같은데 함께 글을 같이 쓴다고 생각하니 책임감도 더 생기고 다재다능한 분들과 한 팀이 되어 감사하다. 두 번째 책 『내 인생의 첫 기억』을 쓰면서 글쓰기와 한층 가까워지고 삶에도 나를 있는 그대로 드러내는 용기가 생기는 것 같다. 세상의 모든 첫 경험은 체력을 끌어 올려서 많이 해보고 싶은 마음이다.

두 딸에게도 마음먹으면 뭐든 할 수 있고, 실패해도 실수해도 다시 일어나 하면 된다고 용기 있게 해보는 본보기가 되는 멋진 엄마가 되고 싶다.

아이의 엄마로서
처음이자 마지막 죽음을 보내며

작가
박문진

◇◇

불임이었던 나에게 하늘에서 보내준 임신은 나의 삶에 최고의 행복이었다. 임신 8주에 선물이 온 것을 알게 되었고 곧이어 아기(복덩이) 아빠의 회사 부도로 임신 2개월에 모든 사채 29억을 나에게 남겨 두고 아기(복덩이) 아빠는 잠적하게 되었다. 검은 양복의 아저씨들이 대문 앞에서 출근할 때 인사하고 퇴근할 때 인사하는 상황이 벌어졌다. 그렇게 임신한 몸으로 4곳의 사채기관에 돈을 갚아 나아가기 시작했다.

주말은 김밥가게 서빙과 과외 아르바이트를 하고, 평일은 새벽 신문과 우유배달, 강의, 과외를 하며 갚아 나갔다. 개인파산은 할 수 없었다. 부도난 사업은 내 명의로 했고 친정 모친 집을 담보로 대출까지 받은 상황이었다. 친정 모친의 집은 친정 아빠가 돌아가시기 전에 손수 만들어주신 집이라 경매로 넘길 수 없었기에 갚아 나갈 수밖에 없었다. 3개월 정도 지나자 지칠 대로 지친 상황이 되었다.

나는 좋아했던 소고기를 저녁으로 든든히 먹고 작은 호텔로 향했다. 수면제는 쉽게 구할 수 있었던 상황이라 가방 속 깊은 곳에 넣어 준비하고 전망이 좋은 방에 누워 조용히 한 줌 입으로 넣고 물을 잔뜩 먹고 누워서 기분

좋게 잠을 청했다.

　시끄러운 소리와 입은 마르고 속도 아픈 것 같고 어지러웠다. 눈이 떠지
질 않아 감고 있다 간신히 떴는데 병원 응급실이었다. 아기는 무사하다고
하는 말만 귀에 들렸다. 아무 느낌도, 생각도 없었다. 그 후 다시 눈을 감고
이틀이 지나 깨어났다. 엉엉 울고 또 울었다. 살았다는 안도감도 있고 아기
가 괜찮다는 말과 함께 모든 것이 눈물로 표현된듯했다.

　하필 그날 소방 벨이 고장이 나 모든 객실 손님들이 다 나왔는데 203호인
나만 나오지 않아 살 수 있었다. 나는 기억나지 않았다. 지금 내가 살아있고
아기도 무사한 지금이 가장 감사했다. 그리고 너무나도 큰 후회를 처음으로
했다. 단 한 번도 살면서 그렇게도 힘든 일들이 많았지만, 후회는 하지 않았
던 삶을 살았다. 그런데 너무 후회되고 아기에게 미안했다. 이 느낌은 그냥
후회도 미안함도 아니었다. 내 생애 처음이자 마지막 후회가 될 것이고 이
제 죽음이란 것은 나에게 없다. 죽는 그 날까지 좋은 엄마로서 살겠다고 다
짐하고 지금 지병으로 지팡이를 집고 다니지만 모든 것을 이겨내고 즐겁게
일하며 살고 있다.

　복덩이 그 아이는 지금 너무나 잘 크고 있는 초등학교 6학년이다. 키
170㎝, 몸무게 70㎏. 든든한 나의 느티나무가 되어 내 옆을 지켜주고 있기
에 행복하게 살아가고 있다.

첫아이를 만나는 날 12월 31일

매해 마지막 날의 기쁨을 간직하고 싶은
최순덕

◇◇

1992년 12월 31일은 잊을 수 없는 날이다. 큰아이를 출산한 날이기 때문이다. 출산예정일에 정확하게 태어났다. '하루만 더 있다가 나오지!' 많은 사람이 한마디씩 하곤 했다. 그러나 내 생각은 다르다. 한 해의 마지막 날이 생일인 덕분에 모두가 잊지 않고 기억하기에 참 좋은 날이다. 송년회 겸 생일 축하. 송구영신 예배 많은 행사가 겹칠 수도 있는 날이기도 하고 내 인생에 최초로 아이를 출산했다는 기쁨과 함께 의미 있는 날이다.

해마다 12월 31일이 다가오면 큰아이 출산의 기억이 되살아난다. 예정일이 12월 31일이었지만. 첫 아이는 다소 늦을 수 있다는 말에 안심하고 있었다. 그런데 새벽녘에 진통이 조금씩 오기 시작했다. 남편이랑 병원으로 갔는데 아직 자궁문이 열리지 않았다고 한참 있어야 한다고 하기에 다시 집으로 돌아왔다. 집에 온 뒤 2~3시간 후 다시 진통이 왔다. 아침보다는 잦은 진통이라 다시 병원으로 가며 택시에서 나오면 어떡하나 노심초사하면서 병원으로 갔다. 1시간 정도 지난 후일까? 10시 21분에 아이가 태어났다.

마지막 날 해를 넘기지 않고 어김없이 세상 밖으로 나온 첫 아이를 보니 신기하고 또 신기했다. 내 뱃속에 10개월 동안 살았단 말인가? 생명의 신비함을 느끼게 되었다. 분만 전에 느꼈던 통증은 온데간데없었다. 약간의 불편함은 있었지만. 남편과 나를 닮은 아이가 옆에 있으니 아이를 쳐다보느라 바빴다. 임신기간 동안 아들인지 딸인지 성별에 대해 알아볼 생각도 없었다. 물론 그때 당시는 성별을 가르쳐 주지 않는 때였다. 딸이 많은 집에서 살았기에 은근히 아들이기를 바라는 마음도 있었다. 그렇다고 딸이어서 서운하지는 않았다.

병원에서 2박 3일의 분만 일정을 마치고 집으로 왔다. 친정어머님이 1주정도 산후조리 해주셨고, 그 이후는 남편이 도움을 줬었다. 아이의 일거수일투족을 살피면서 하루하루를 보냈다. 젖을 먹이는 것, 기저귀를 가는 것. 목욕을 시키는 것 등 모두 다 처음이라 참으로 힘들었다. 아이를 조심스럽게 다루느라 팔목이 시큰거렸다. 남편이랑 함께 아이의 소변량, 소변 횟수, 대변량, 대변 횟수, 젖 먹는 시간, 젖 먹는 양 등을 일일이 육아 수첩에 기재했다. 몇 개월을 그렇게 하다가 어느 순간부터는 기재하는 것도 소홀해졌다. 그 당시 기재했던 수첩을 보관하여 딸에게 전달하지 못한 게 아쉽다. 처음이라 무엇이든지 어설프기도 하고 두렵기도 했던 시기였다.

2022년 2월 5일. 태어난 지 만 30년 된 그 아이가 결혼했다. 나도 1992년 2월 16일에 결혼했는데 똑같은 나이, 똑같은 달에 결혼하게 되니 감회가 새로웠다.

1992년. 결혼하고 첫 아이를 만나던 그때의 기억이 소환되었다. 이 세상에 사는 날 동안은 계속 기억하고 살겠지. 잊을 수 없는 날이라고 생각한다. 해마다 12월 31일이 되면 딸의 생일 축하 파티를 한다. 지금은 딸이 미국에서 살고 있기에 케이크에 초를 꽂고 영상으로 생일 파티를 하곤 한다.

새 생명을 태어나게 한 날. 새 생명이 태어난 날. 한 해의 마지막 날을 기억하며 오늘도 기쁨의 순간으로 마무리하고 싶다.

설레고 달콤한 기억은 행복을 싣고

진정한 내가 되는 길, 치유와 성장의 길로 함께하는 교류분석상담전문가
강경희

◇◇◇

친구 길수네 할머니 댁에 있는 참앵두나무 한 그루. 양팔을 쭈욱 뻗으면 그려지는 아담한 크기의 행복 나무였다. 어린 시절 해마다 6월이 되면 친구들과 함께 하루에도 몇 번씩 길수네 할머니 집 대문 앞을 서성거렸다. 마을 높은 곳에 유일하게 앵두나무가 있었기 때문이다. 어느새 빨간 앵두가 탐스럽게 많이도 익었다. 빨간 앵두가 마당에 떨어지는 날이면 하늘을 날아갈 듯 기뻤다.

위에서 보면 날고 있는 학을 닮은 내 고향 학림도. 울창한 소나무에 백로와 왜가리가 많아 새섬으로도 불렸다. 통영 달아 항에서 뱃길로 10여 분 정도에 있는 육지와 아주 가까운 섬이다. 초등학교 4학년 때까지 살았던 언제나 그리운 곳이다. 섬은 먹거리가 풍부하다. 갖가지 생선과 해산물에 고기들까지. 할아버지. 할머니 댁에서 종종 온 가족이 모여 식사를 하는 날이면 특급 한정식 한 상이 부럽지 않았다. 딱 하나. 아쉬운 게 있었으니 바로 내가 좋아하는 과일이다. 섬에 고작 무화과랑 감. 앵두나무가 전부였기 때문이다.

1년에 단 하루 길수네 할머니께서 꼬맹이들을 위한 후한 인심을 쓰는 날에는 은영이, 희숙이, 선원이, 양미랑 한달음에 달려간다. 있는 힘껏 앵두나무를 흔들어 주시면 빨간 앵두가 마당을 한가득 뒤덮는다. 입술이 발갛도록 앵두를 먹고 양손 가득 앵두를 담는다. 콩닥콩닥 마음이 요동치고 하늘을 날아갈 듯 기분이 좋아진다. 앵두를 보면 춤을 추듯 어린아이가 된다. 설레고 달콤한 그 날을 잊을 수가 없다.

　기능직 공무원이셨던 아버지는 일주일에 한 번 통영 교육청으로 등청하셨다. 아빠가 등청하는 날이면 딸기, 토마토, 참외, 복숭아, 사과, 배 등을 철철이 사 달라고 했단다. 난 초등학교도 가기 전부터 철마다 나는 과일을 잘 알았다고 한다. 지금도 부모님은 어릴 적 내가 참 신기하다고 말씀하신다. 한 번씩 먹고 싶은 과일이 생각나면 안 먹고는 못 견디는 아이였기 때문이다. 초등학교 4학년 때쯤, 아빠랑 난 언덕 너머에 있는 밭에다 딸기 모종을 정성껏 심게 되었다. 아침마다 작은 주전자 두 개를 들고 아빠를 따라 딸기 모종에 물을 주러 다녔다. 그렇게 재밌을 수가 없었다. 잎이 자라고 하얀 딸기꽃이 피고, 탐스러운 딸기가 열리고 익을 때까지 얼마나 설레고 행복했는지 모른다.

　여고 시절 과수원집 아들에게 시집가고 싶단 말을 자주 했다. 그 순수한 소녀는 과수원집은 아니지만, 감, 배, 모과, 자두, 앵두 등 갖가지 과일나무와 함께 자란 순박한 시골 소년과 캠퍼스 커플이 되었다. 결혼식 전날, 뚜껑이 덮인 게르마늄 항아리를 한 손에 들고 환한 미소를 머금고 들어오는 남편! 도대체 항아리 안에는 뭐가 들었을까? 언니 같은 고모랑 동생들과 너무도 설레던 순간이었다. 세상에나! 곱디고운 짙은 다홍빛의 물앵두가 한가득 담겨 있었다. 난 달콤한 물앵두를 실컷 먹은 다음 날, 다홍빛 수줍은 5월의 신부가 되었다.

힘들고 지치다가도 물앵두가 익어가는 5월이 다가오면, 참앵두가 익어가는 6월을 떠올려도, 먹음직스러운 딸기뿐 아니라, 지나가다 딸기 모종만 발견해도 그냥 기분이 좋아진다.

설레고 달콤한 기억은 언제나 나를 행복하게 만든다.

양념돼지갈비는 행복함의 상징이다

행복을 지으며 사는 행복경영연구소 대표
홍현정

고기 하면 떠오르는 것이 있다. 바로 양념돼지갈비다.

어릴 적 아버지는 사업으로 많이 바쁘셨다. 새벽에 일찍 일어나셔야 하기에 밤 9시 뉴스가 끝나면 주무셨다. 안방에서 아버지가 잠자리에 들어가시면 우리는 각자 방에서 조용히 할 일을 해야 했다. 아버지 수면을 방해하면 안 된다. 그 시절 대부분 그러셨듯이 우리 아버지도 권위주의적이셨다. 아주 엄했다. 각자 뭔가 해야 할 일을 한 명이라도 안 하면 자녀 4명을 앉혀놓고 야단을 치셨다. 나는 야단맞기 싫어서 할 일을 끝내놓는 타입인데 여동생은 안 그랬다. 주로 여동생이 할 일을 안 해서 다 같이 야단을 맞았다. 불합리함에 반항도 해봤지만 아버지의 교육방침이었다.

엄했던 아버지는 토요일 저녁이면 가족들을 데리고 시장 안에 있는 유명한 맛집인 돼지갈빗집에 가셨다. 연탄불에 양념한 돼지갈비를 올려놓고 가족이 빙 둘러앉아 이야기꽃을 피우며 연탄불 갈비를 양껏 먹게 하였다. 이야기를 하면서 먹는 주말 저녁 고기 맛은 최고였다. 토요일 저녁마다 돼지갈빗집에서 고기를 실컷 먹었다. 토요일이 기다려졌다. 우리 집 주변엔 지역에서 유명한 홍릉 갈빗집이 있다. 아버지는 홍릉 갈비보다 시장 안에 있는 돼지갈빗집이 더 맛있다고 하셨다.

우리 아버지는 미식가이다. 아버지가 맛있다고 데리고 가는 곳이면 다 맛있다. 나는 아버지가 사주시는 것이면 절대적으로 믿음이 간다. 사업상 고객을 만나러 다방에 가실 때 나도 같이 간 적이 있다. 쌍화차를 먹어보라고 시켜주셨다. 처음 먹어보는 쌍화차는 노른자가 동동 떠 있고 잣 땅콩 호두 대추 같은 것들이 잔뜩 들어 있어 진한 게 고소하고 맛이 좋았다. 가끔 그 시절 아버지랑 먹었던 쌍화차가 생각난다. 일부러 쌍화차 파는 곳에 가서 먹어보지만 그 맛은 아니다. 많이 싱거웠다. 나도 어른이 되면 아버지처럼 가족에게 맛있는 것을 먹이고 싶다는 생각을 하였다.

지금 생각해보니 양념돼지갈비는 아버지의 사랑이었다. 힘들게 번 돈으로 가족에게 즐겁고 행복한 시간을 만들어주셨다. 우리가 맛있게 먹는 모습에서 아버지는 기쁨을 느끼셨고, 또 먹고 싶냐고 물어보면 나는 크게 대답했다. "네! 또 먹고 싶어요." "그러면 다음 주말에 또 먹으러 오자."고 말씀하셨다. 몇 개월간 이어진 주말 돼지갈비 맛은 잊지 못할 내 인생의 아름다운 추억으로 자리 잡았다.

올해 아버지는 87세다. 예전처럼 갈비를 뜯지는 못하신다. 행여나 이가 부러질까 봐 신경이 쓰인다. 고기도 작게 잘라 드려야 드실 수 있다. 아버지가 사랑으로 보여준 양념돼지갈비 맛은 지금도 혀끝에서 부드럽게 녹아내리는 듯하다.

아버지는 긍정적이고 많이 웃으신다. 그 덕분인지 아버지는 지금도 건강 유지를 잘하신다. 엄했던 아버지가 보여준 가족 사랑과 주로 맛집 순례하며 해주신 말씀이 있다. "군자(君子)는 대로행(大路行)"이라며 군자는 좁고 외진 길을 가지 말고 큰길을 다닌다며 나쁜 곳 어두운 곳에서 부끄러운 일을 하

지 않고 옳고 바르게 행동하는 거라고 말씀하셨다. 그때는 이해가 안 되었
는데 나이가 들면서 아버지의 말씀을 이해하게 되었다. 아버지의 양념돼지
갈비는 가족 사랑 표현이다.

설렘에서 시작된 현실의 순간

내 안의 꿈과 행복을 찾아가는 나
이애경

◇◇◇◇◇◇◇◇◇◇◇◇◇◇◇◇◇◇◇◇◇◇◇◇◇◇◇◇◇◇◇◇◇◇◇◇

24살 어린 나이 결혼을 선택하고 남편과 함께 독일에 가기 위해 스위스 바젤행 비행기를 탔다. 비행기 끝 쪽 코너 자리였던 나는 창문으로 비행기 밖을 쳐다보는 순간 왈칵 눈물이 쏟아졌다. 남편도 당황한 눈치였다. 결혼식장에서도 공항에서도 울지 않았는데 왜 눈물이 났을까. 아마도 비행기가 날아오르면 가족들을 못 만난다는 것이 그때야 실감 났던 거 같다. 좁은 비행기 안에서 멈추지 않는 눈물을 계속 흘릴 수밖에 없었다. 남편은 의연하게 평생 헤어지는 게 아니라며 괜찮다고 나를 위로해주었다.

스위스 바젤에 도착했다. 그곳은 우리가 가는 독일 도시, 프라이부르크와 가까워 집주인에게 픽업을 미리 부탁했다. 태어나서 처음 만난 외국인 독일 아저씨, 키도 크고 수염도 있는 전형적인 독일 사람이었다. 간단히 말을 했지만 의사소통이 원활하지 않았기에 차 안에서 아무 말 없이 집으로 향했다. 캄캄한 밤이었지만 차 밖으로 보이는 스위스에서 독일까지의 이동 속에 여러 가지 복합적인 감정이 들었다.

그렇게 도착한 독일 집. 단독 3층 건물이었지만 우리가 지낼 곳은 지하에 있는 방 한 칸. 옆방에는 다른 나라 친구가 살고 있었다. 우리나라로 치면 하숙집인 셈이었다. 결혼 후 첫 집인 그곳은 굉장히 낯설었다. 주인은 말이

통하지 않았지만 친절하지 않고 아시아인인 나를 신기한 듯 바라보았다.

부모님께 잘 도착했다는 전화를 걸기 위해 주인에게 전화기를 빌려 달라고 부탁했다. 집주인은 비싼 요금 때문이었는지 한국으로 전화를 건다고 하니 표정이 어두워졌다.

미리 구매해갔던 국제전화 카드가 있어 비용이 드는 게 아니었지만 설명해도 소통이 원활하지 않아 이해 못한 눈치였다. 전화를 걸어 친정엄마 목소리를 듣는 순간 나는 또 눈물이 쏟아졌다. 독일 주인도 나의 모습에 놀란 눈치였다. 전화를 끊고 아침 식사 시간을 안내받은 후 방으로 돌아갔다.

한국에서 준비해 온 전기장판, 고추장, 라면, 반찬들. 하나씩 짐을 풀면서 내가 이곳에서 잘 생활 할 수 있을까 하는 여러 감정이 밀려왔다. 12시간의 비행을 하고 2시간 차량 이동으로 피곤한데도 나는 잠이 오지 않았다. 시차 적응도 안 돼서 그랬지만 막연한 타국 생활에 대한 긴장감이 나를 에워싸는 듯 했다. 그때야 나는 부모님 품 안에서 생활이 얼마나 감사했는지 소중함을 다시 한번 느낄 수 있었다.

결혼이라는 큰 변화와 함께 낯선 땅에서 부딪칠 나의 인생은 그때는 미처 알지 못한 채 시작되었다. 지금 생각해보면 어디서 그런 용기가 나왔을까 하는 생각이 든다. 가끔은 모르고 경험할 때가 낫다고 하는데 아마도 알았다면 가지 못했을 것이다. 하지만 그때 경험들이 지금 삶이 힘겨울 때 살아갈 힘의 원천이 된다.

잘생김이 가득 묻은 그대에게

어제보다 한 발 더 내딛는 사람
남채화

◇◇

그가 돌아왔다! 어느 날 갑자기 해병대 자원입대를 해서 놀람과 걱정을 한가득 안겨주던 그. 그렇게 힘들다는 해병대를 다녀왔으니 검게 그은 피부일 테고 18개월의 고생이 그대로 보일 거라 생각하며 걱정부터 했다.

하지만! 그는 여전히 내가 좋아했던 그 모습 그대로 돌아왔다. 아니. 왜 더 잘생긴 것인가! 말 한마디 한마디가 여전히 따뜻하고 애교가 흘러넘친다. 그가 누구인지 궁금한가?

그는 바로 그룹 인피니트의 엘(L), 김명수다. 그리고 나는 그의 11년 차 팬이다. 그를 처음 만난 건. 정확히 말해 그를 처음 알아본 것은 인생의 우울함이 찾아왔을 때였다. 곧 다가올 앞자리가 바뀌는 나이에 대한 무게감과 번아웃 때문이었다. 하지만 나는 그 감정에 지고 싶지는 않았다. 힘없는 나의 모습이 나도 힘들게 하지만 내가 사랑하는 주변 사람들도 힘들게 만들기 때문이었다. 마침 남편이 사준 첫 스마트폰으로 음악 들으며 운동도 하고, 인터넷서핑도 했다.

그러던 어느 날. 연예 기사를 검색하다가 망치로 맞은 듯한 충격적인 한 장의 사진을 발견하게 된다. 바로 인피니트의 엘. 김명수였다. 많은 서사를 담고 있는 깊은 눈과 의느님의 도움을 받지 않은 높고 예쁜 코. 그리고 매력적인 입매와 귀여운 보조개까지! 정말 그의 별명인 '신몰남(신이 몰빵한 남자)' 답게 그는 내가 알고 있었던 연예인들 중에 최고로 잘생긴 사람이었다. 갑자기 머리가 하얗게 되면서 웃고 있는 나를 발견했다. '정말 잘 생겼구나! 순정만화 주인공이 실제로 있군!'

아름답고 좋은 것은 자꾸 보고 싶고, 찾게 되지 않던가? 나는 쉴 때마다. 영상도 찾아보고 노래도 들으며 우울했던 그 시기를 즐겁게 보낼 수 있었다. 처음엔 정말 잘 생겨서 좋아했는데 성격도 멋진 그였다. 아이돌그룹의 멤버로서도, 연기자로서도 그리고 한 사람으로서도 그는 정말 멋진 '성장캐(성장하는 캐릭터)'였고 어느새 나는 11년 차 팬이 되어 있었다.

처음엔 '나이 먹고 뭔가 부끄럽네'라는 생각도 들었다. 게다가 친구가 '나는 그 정도는 아닌데'하고 말하는 것을 들으니, 나 자신이 나약하게 느껴지기까지 했다. 하지만. 그의 성장하는 모습에 행복해함과 동시에 내 생활에 활력이 생기는 걸 느꼈다. 인피니트의 콘서트도 가고 그가 나오는 드라마를 보며 저는 삶의 에너지를 다시 얻을 수 있었다.

나를 응원해주는 많은 사람에게서도 위로와 응원을 받지만. 인피니트 엘인 김명수가 여러 방면에서 성장하고 발전하는 모습을 보며 나는 다른 색깔의 응원을 받은 기분이었다. 그 예쁜 색깔의 응원이 시작된 그 첫날을 나는 아마도 잊지 못할 것 같다. 팬 콘서트와 새 드라마 소식이 들려온다. 그는 또 어떤 모습으로 나에게. 그의 팬들에게 힘을 줄지 벌써 기대되는 요즘이다.

지금, 이 순간 우리들의 첫 기억

우리는 모든 것이 처음이다.

짝사랑의 기억
첫 월급을 받았던 기억
처음으로 여행을 갔던 기억
부모님께 혼이 났던 기억
첫 이별의 기억 등등

모두가 소중한 우리들의 첫 기억이다.

누구나 처음은 있다. 처음이 있기에 그다음이 있는 것이다.

내 인생의 첫 기억이란 주제로 55명의 주부가 뭉쳤다. 내가 가지고 있는 수많은 기억 중에 고르고 골라 하나의 기억을 뽑아 글을 썼다. 그렇게 서로 다른 55가지의 기억이 책 속에 녹아있다.

나는 그 소중한 기억을 책이 아닌 원고로 제일 먼저 만날 수 있는 값진 시간을 보냈다. 글을 통해 만나고 글로 소통했던 시간 역시, 나에겐 또 다른 첫 기억으로 남을 것이다.

이 책이 출간되면 우리는 또 하나의 소중한 기억을 마주하게 된다.

이제 우리는 가을의 작가다.

이 책에 참여하면서 『내 인생의 첫 기억』을 함께 한 작가님들에게 가을의 작가라는 또 하나의 기억을 선물해드릴 수 있어 행복하다. 새로운 시작이 만들어준 새로운 기억으로 앞으로도 각자의 자리에서 행복하게 성장하길 응원한다.

이고은

내 인생의 첫 기억

참여 후 느낌
●●●●●●●●

이루미 아직도 나는 생각한다. 나의 첫 기억은 뭘까? 그렇게 질문하며 만난 기억들엔 공통적인 두 가지가 있었다. 사람 그리고 사랑. '그래 살며 남는 건 그거구나' 싶었다. 진행팀과 작가님들이 서로를 믿고 선택한 것을 넘어 서로의 가슴 안에 사람과 사랑을 남겨 지금 이 순간의 첫 기억을 선물해 주었다. 소중한 인연들에 마음 깊이 감사하다.

권세연 주변에서 만나는 엄마들을 보면 그냥 아이를 키우는 사람으로 보인다. 그 사람이 어떻게 살아왔을지 추측도 되지 않을뿐더러 굳이 그런 생각을 해본 적도 없다. 이번 '첫 기억'이라는 주제로 기획 후 여러 주부작가님의 글을 보며 '그래, 맞아. 그녀들도 처음부터 아이 엄마는 아니었지! 추억이 있고, 꿈도 있는 청춘이었지!'라는 생각에 미치자 마음 한편이 뜨거워졌다. 나 역시 첫 기억이라는 주제에 맞는 기억을 찾으며 마흔 인생을 파노라마처럼 스칠 수 있었다. 앞으로 수많은 첫 기억을 만들 수 있게 늘 도전하며 살고 싶다는 생각이 들었다.

이고은 누구에게나 첫 기억은 있다. 돌이켜보면 다양한 기억들이 당시에는 기쁨, 행동, 슬픔, 우울 등 수많은 감정을 일깨워주었지만, 오랜 시간이 지난 지금은 다 '소중함'으로 남아 있다. 처음에는 무슨 기억을 써야

할지 모르겠다던 주부들이 자기만의 소중한 기억을 글로 옮기며 우리는 함께 공동 저자가 되었다. 앞으로도 그녀들의 삶에 소중한 기억이 가득하길 바란다.

장유진 '내 인생의 첫 기억'을 추억해보니 그 중심에는 늘 가족이 있었다. 나에게 사랑하는 가족이 있고, 우리의 이야기를 글로 쓸 수 있어 감사하고 행복하다. 글이 차곡차곡 쌓여갈 때마다 나의 내면 또한 성장해가니 기쁘다. 이 책은 여러 빛깔의 이야기를 담고 있어 무지개처럼 아름답고, '함께의 힘'으로 이루어냈기에 더욱 의미 있다. 공저 기획팀의 탁월한 기획력과 응답하라 공저팀의 진심 어린 지원, 55명 작가님의 하나 된 마음 덕분에 또 하나의 귀한 열매를 맺었다. 애써주신 모든 분께 감사의 말씀 전한다.

이한나 어설프지만 용감해 보이면서도 어렸던 내가 혼자서 작은 배낭을 메고 기차에 발을 디뎠던 장면이 떠올랐다. 무작정 떠났기에 고생을 더 많이 하긴 했지만, 되돌아보면 그때 나는 한 층 더 성장할 수 있었다. 누구에게나 처음이라는 특별한 기억은 있지만 이렇게 글로 남길 수 있게 되어 기쁘고, 감사하며 뿌듯하기까지 하다. 계속해서 나의 '첫' 경험을 응원하고 싶다.

조유나 내 인생의 첫 기억을 쓰게 되면서 사실 많은 게 있었다. 그중 하나만 쓰려 생각하니 지금 하는 일이 떠올랐다. 누구나 처음은 어렵고 쉽지 않다. 하지만 그 순간을 이겨

내고 견디고 꾸준히 실천하니 과정이 보상이 됐다. 좋아하는 작가님들과 함께라 기분이 너무 좋다.

강경희 언제라도 마음이 동할 때 도움 요청드리기로 했지만, 먼저 손 내밀어 주신 공저 기획팀에 감사드린다. 용기 내어 흔쾌히 받아들인 나에게도 박수를 보낸다. 언제나 있는 그대로를 인정하고 수용하며 그냥 내가 좋은 내가 되었다. 이제 마흔 하고도 아홉, 새롭게 또 한 걸음을 내딛는다. 모두가 함께라 가능했다. 소중한 인과 연에 감사하며, 의미 가득한 삶을 잘 살아가리라 다짐한다.

강정순 어린 시절에는 문학소녀라는 말을 들을 정도로 책을 좋아했고, 작가를 꿈꾸던 시절도 있었지만 이제는 잃어버린 꿈처럼 아득하게 느껴졌다. 이번에 공저팀을 만나면서, 꿈을 다시 찾게 된 것 같다. 주제를 한참을 고민하다가 어머니에 대한 기억을 글로 적어보게 되었다. 마침 어머님 생신에 맞춰 글이 나오게 될지도 모른다는 소식을 듣고 70이 넘은 노모를 아직도 고생시키는 불효녀 딸이 드릴 수 있는 가장 큰 선물이 될 것 같아 감사하다.

권정란 항상 글을 쓰고 싶은 생각은 있었으나 혼자서 글을 쓰고 출판을 하기까지 실현하기가 쉽지 않았다. 이렇게 좋은 기회로 여러 작가님들과 좋은 내용들로 함께 집필하게 되어 너무 행복했다. 누군가의 글이 또 다른 누군가에게 희망이 되고, 작게나마 위로가 되었으면 좋겠다.

국성희 '내 인생의 첫 기억'이라는 주제가 줬을 때 가장 먼저 떠오른 건 산이었다. 내 젊은 시절에는 '국성희'하면 산을 떠올렸고 산을 떠올리면 '국성희'가 떠올랐다. 산에 많이 올랐다. 한동안 멈췄다가 다시 산에 오르기 시작했다. 얼마 전 제주도 가서 한라산에 올랐다. 아이들과 백록담을 바라봤다. 12시간이 걸렸다. 아이들도 나도 힘들었다. 더불어 그 벅찬 감동은 계속 생각났다. 산은 내게 할 수 있다는 용기를 준다. 세상에 잘 흔들리는 내게 괜찮다고 말해준다. 다시 부지런히 다녀야겠다. 흔들려도 괜찮은 내 삶을 응원한다.

그레이스 박 돌아볼 시간 없이 살아오다가 정말 잠시 쉬어 갈 수 있는 시간이었다. 잊고 살았던 그 소중한 기억들을 하나하나 꺼내어 보면서 미소 짓고 행복했다. 이 소중한 시간을 느낄 수 있어서 감사하고 정말 행복했다.

김민숙 작가가 되기 위한 첫걸음으로 너무 좋았다. 나의 행복함을 함께 나누는 글이어서 글 쓰는 동안 행복했다.

김선경 함께 하게 되어 영광이었다.

김신영 글쓰기 권유를 받았을 때 막연한 사양의 표현으로 거부감부터 드러내며 겁부터 냈지만 내 마음속 깊이 내재 되어 있던 감정과 생각을 짧은 글로 적어 내려가며 그 무언가의 무거움이 해소되는 듯한 후련함 그리고 뿌듯함이 나의 현재의 삶에 좋은 에너지가 되었다.

김은진 모든 처음에는 반드시 돕는 손길이 있다. 혼자서는 열 번 스무 번을 망설이는 일도 누군가 믿는 구석이 있으면 '한번 해보기나 할까?'하고 용기를 낼 수 있고, 끝내 해낼 수 있는 마음의 지지가 된다. 이 책이 그 증거이다. 많은 이들의 도움으로 책을 쓰는 데 참여하고 있다. 엄두도 못 냈던 벅차고 설레는 일이 나에게 일어났다. 이 책이 삶에서 부딪히는 주저함 앞에서 한 걸음 내디딜 수 있게 도와주는 따뜻한 손길이 되길 바라며!

김주아 하나의 주제 아래 각양각색의 글이 들어있는 종합선물세트 같은 책이다. 무엇이 들어있을지 설레며 과자 상자를 열듯 페이지를 펼치면 다양한 기억의 맛을 경험할 수 있을 것이다. 한 스푼 글로 맛을 내는 일에 함께 할 수 있어 즐거운 여름을 보냈다.

김희정 여러 가지 역할 속에 있어야만 했다면 온전히 나로 있어 주는 시간이었다. 그때 그 시절의 나를 만나면서 미소를 지어 보이기도 하고 때로는 그리움에 쓰라린 가슴을 어루만지기도 하였다. 그리고 상냥하고 친절하고 부드럽고 다정다감하게 불러보았다. "희정아, 희정아, 희정아. 너 거기 있구나. 거기에 있었구나!"

남채화 책 읽는 것을 좋아하고, 글로 짧게나마 내 마음을 기록하는 것을 즐겼지만, 내가 쓴 글이 책으로 나올 수 있다고는 생각 못 했다. 따뜻하고 열정적인 마음을 가지신 여러 작가님의 응원과 격려 덕분이다. 이 감동은 또 하나의 내 인생의 첫 기억이 될 것이다. 다시 한번 모든 작가님들께 감사드린다.

박정녀 글을 쓰며 주부가 대단하다는 것을 많이 느낀다. 글을 쓰기 전에는 직장생활이 80% 이상이라고 생각했는데 아니다 주부가 80% 이상이라고 생각한다. 공직생활 43년을 마치고 여의도 퀸에서 주부 퀸으로 시작해보지만, 집안 살림과 요리가 나에게는 어렵다. 어려운 직장생활도 잘 마쳤는데 이제는 주부 퀸으로 멋지게 거듭날 것이다. 가정에서 주부가 얼마나 큰 역할을 하는지 뼛속까지 느낀다.

박주영 첫 출산의 기억. 언젠가 한 번은 누군가에게 전하고 싶은 이야기였다. '아이'야말로 부모의 모든 것을 '처음'으로 되돌려 놓는 존재가 아닐까. 그런 아이와의 첫 만남을 다시 추억할 수 있어 기뻤다. 오래전 기억을 글로 옮기는 경험을 하며 다시금 "쓰는 행복"이 밀려왔다. 나만 알고 있는 이야기가 세상에 새어 나가는 짜릿함을 더 많은 주부가 느꼈으면 좋겠다. 서로의 이야기를 통해 각자의 처음을 기념하고, 또 새로운 '처음'을 기꺼이 기쁘게 맞이하기를 바란다.

백지원 평범한 우리 주부들이 비범한 삶을 선택하는 순간이라 생각이 든다. 지금까지 누군가가 쓴 책을 읽기만 하는 소비자의 삶이었다면 이번 공저 쓰기 참여했다는 자체만으로 글을 쓰는 생산자의 삶을 선택하게 되었던 것을 알 수 있는 특별한 경험이었다. 내 인생의 첫 기억이란 주제 덕분에 오랫동안 저장해 두었던 빛바랜 추억을 생각할 수 있어서 행복하고 감사하다.

백진경 주부 공저 프로젝트라는 타이틀을 보고 꼭 참여해보고 싶다는 생각이 들었다. 같은 주부여도 각각 느끼는 점과 다양한 생각을 갖고 있다는 점을 알고 배우고 싶었고, 그녀들 속의 하나가 되어 엄마가 아닌 '나'를 찾고 싶다는 마음도 있었기 때문이다. 이번 공저 프로젝트에 참여하면서 그것을 이루어 냈다고 생각한다.

서명희 내 인생에 대해 할 말이 많은데 설명할 부분이 많은데 A4 한 장으로 무슨 이야기를 쓸 수 있을까? 이 짧은 이야기에 읽는 사람이 공감, 이해할 수 있을까 걱정되었지만 무슨 일이 있어도 지금 내 인생 시점에 필요한 공저 작업이라 선택했다 너무 잘했다 싶다 그동안 혼자서 글쓰기 한 것과 같이 모아 읽어보니 내 삶의 여정이 보인다. '쓰담쓰담 서명희 공저 잘했다. 이렇게 너가 자신을 만들어 내고 너의 글쓰기가 너의 단단한 뿌리가 될 거야.'

서현자 나와 같은 생각을 가진 사람들과의 만남은 언제나 설레는 시간이다. 너무나 당연하게 생각하며 잊고 지내게 되는 일상의 소중함을 떠올리게 되는 행복한 시간이었다. 어찌 보면 살면서 경험하게 되는 모든 경험들이 내 인생의 첫 기억일 텐데, 다른 사람들과 같은 경험과 다른 경험을 공유한다는 것도 나에게는 또 다른 행복이었다. 나와 같은 일상의 소중함을 느끼고 싶은 사람들도 이런 행복을 느꼈으면 한다.

손금례 내가 책을 쓸 수 있을까? 나도 가능할까? 걱정하는 나에게 쓸 수 있다고 힘을 주고 다독여주었던 공저 작가님들의 힘을 얻어서 한번 써보기로 했다. 드디어 완성 후 글을 넘겼을 때도 여전히 걱정됐다. 그렇지만 내 걱정과 달리 수월하게 진행이 됐고 곧 출판될 수 있다는 말에 너무나 신기함을 느꼈다. 집에만 있던 내가 책을 쓰다니 너무나 기쁘다. 행복하다.

송나원 내 빛바랜 추억과 만나는 시간이었다. '처음'이라는 말에서 오는 설렘과 기대보다 글을 쓰는 시간을 통하여 오히려 내 안의 트라우마를 깼던 시간을 정면으로 마주하였다. 성인이 된 내가 어린 나를 다독이고, 다시 일어선 용기를 맘껏 응원하였다. 그것은 스스로 깨우칠 수 있는 지혜를 주신 은사가 계셨기에 가능한 일이었다. 누구나 첫 기억은 너무도 소중하기에 더욱 정성스러울 수밖에 없다. 그 소중한 기억을 모아 책 한 권으로 나올 수 있음에 기쁨의 마음을 여과 없이 표현한다.

송미영 작은 글들이 모여서 한 권의 책을 만들듯이 나의 생애에 초대된 한 분 한 분의 한 페이지들이 모여서 내 인생의 한 권의 책이 만들어지고 있다. 그래서 내 인생은 성공작이다. 내 인생에 초대된 모든 분들께 감사하다.

신주아 가족이라는 보금자리로 날아든 작은 파랑새들 꿈을 펼치고 날갯짓하는 마지막 순간까지 함께 하자.

양선 두 번째 공저를 하면서 일도 교정 교열 일이 하나 더 늘어난다. 글을 점점 쓰고 싶어진다. 첫발을 디디게 해 준 인연이기도 하다. 이 공저가 다섯 번째 책이기도 하다. 책을 읽고 쓰면서 나를 만들어주는 흔적과 역사를 남긴다. 기획코칭팀과 주부공저작가님들 모두의 협력에 진심으로 감사한다. 함께 아니었으면 힘든 일이다.

엄일현 내 인생의 첫 기억을 제일 먼저 들은 순간, 내 인생을 바꾼 사람들 책 첫 기억 뒤에 스토리를 바탕으로 살펴보았다. 주제는 내 인생의 첫 책 성장과 변화를 선택하게 되었다. 더 나은 나를 만들게 된다.

엄해정 '내 인생의 첫 기억'이라는 제목으로 공저 제안을 받았고 평소에도 아름다운 첫 기억을 가지고 있는 터라 선뜻 공저에 참여하게 되었다. 사람들이 다양한 만큼이나 그들의 첫 기억도 다양하리라. 누군가 첫 기억을 부정적 감정으로 자리매김하고 있을 수도 있고, 긍정적 감정으로 자리매김하고 있을 수 있다. 다행히도 기억의 첫 페이지를 펼치니 아름답고 행복했던 순간이 펼쳐졌다. 그 힘으로 지금까지 무한긍정의 아이콘으로 살아올 수 있었음에 새삼 다시 감사하는 시간이 되었다.

오드리 두 번째 주부 공저. 나는 글만 쓰고 그녀들이 나머지 모든 것을 책임졌다. 혼자서는 절대 할 수 없는 일들을 그녀들은 몇 번이나 수월하게 만들어나갔다. 그녀들에게 박수를 보낸다. 또한 내 작은 도전들이 모여 언젠가는 삶의 큰 빛으로 돌아와 나의 길을 비춰 주리라 믿는다.

오은주 책을 한 권 써보고 싶다는 막연한 생각을 해왔었다. 그런데 한 장의 원고를 쓰는 것도 내게 쉬운 일이 아니었다. 살면서 내 이야기만으로 소중한 책의 한 페이지가 완성되는 값진 경험을 할 수 있게 해주신 모든 분께 감사드린다. 새로운 도전으로 지금 나의 어깨는 들썩이고 있다.

오제현 내 인생의 첫 기억은 6살 무렵 가족들에게 둘러싸여 한글 공부를 하는 내 모습이었다. 그 기억이 강렬했던 것은 여전히 내가 누군가의 관심과 칭찬을 바라는 마음이 커서였을까? 단편의 기억이라 글로 쓰기는 막막했는데 다행히 나이를 먹고 다양한 첫 기억들이 있어 글을 마무리할 수 있었다. 3년을 A4 한 장에 담기엔 너무 짧지만, 이 책을 통해 내 기억을 봉인할 수 있어 감사하다.

우윤화 내 인생의 첫 기억이라는 주제를 받고 가장 먼저 떠올린 기억이 있다. 절로 입가에 미소가 지어지는 행복한 기억이었다. 이번 기회를 통해 나는 행복한 사람임을 다시 깨닫게 해준 행복한 시간이었다. 우리에게 가장 값진 행복한 첫 기억의 보물이 있음을 잊지 말았으면 좋겠다. 늘 좋은 친구들과 함께하는 이런 기회가 너무 감사하다. 주부들이여~! 힘냅시다!

유유정 책을 쓰려고 하니 옛날 동심의 시절 기억이 주마등처럼 스쳐 지나간다. 나의 기억으로는 어린 시절 참으로 즐거웠던 일 슬펐던 일들이 많았던 시절이다. 내 인생의 첫 기억으로 주름치마가 항상 머릿속에서 떠나지를 않는다. 기억에 남는 것에 충분한 표현에 이르지는 못하지만 어린 시절의 이야기를 할 수 있는 기회가 되어 감사하다. 짧은 글 속에 많은 이야기가 들어 있음을 느껴졌으면 하는 바람이다. 어린 동심의 시절로 지금의 나는 잘 컸고 더욱 잘 익어가고 있음을 이야기하고 싶었다.

윤소정 간디학교의 교가를 참 좋아한다. '꿈꾸지 않으면 사는 게 아니라고~'로 시작하는 그 노래처럼 작가라는 꿈을 꾸며 비로소 꿈틀꿈틀 살아가는 것 같았다. 그런 내게 이번 기회는 첫걸음마였다. 넘어질 듯 뒤뚱거리는 부족한 글을 꼭 잡고 마무리 할 수 있게 응원해주신 진행팀 덕분에 행복한 순간이었고 또 다음 걸음을 내디딜 용기가 생겼다. 진심으로 감사드린다.

윤정희 평범한 일상 이야기, 나에게만 고마운 추억이 되는 이야기가 글로 표현된다는 자체가 신기하고 설렌다. 공저 참여로 진행됨에 따라 다른 작가님에게 힘을 얻고 부담을 덜 수 있어 감사하다.

이가희 내 편이라고 믿었던 사람들로부터 상처받아 심장이 무너질 때, 나날이 그렇게 그렇게 단조로움이 가려 세계가 무채색으로 보일 때, 이룬 것보다 실패가 더 많아 무기력이 나를 지배할 때, 나 자신만을 위한 퀘렌시아를 찾아야 할 때라고 느꼈을 때, 그 순간에 글 쓰는 30~40대 주부들을 만나 사유를 나누고 삶의 지혜를 나눴다. 살다 보면 이래저래 마음을 다치는 경우가 많은데 하나뿐인 나 자신의 소중함을 깨닫는 시간이었다.

이수미 첫 기억은 누구에게나 짜릿하다. 평생 잊지 않을 만큼 강렬하지만 반복되는 일상 속에서 첫 기억은 기억 저편으로 흐려지기도 한다. 이번에 책을 쓰면서 기억을 생생하게 끄집어내어 글로 마주하면서 그 장면 속의 나와 마주 섰다. 다시 짜릿했다. 귀한 인연과 귀한 기회를 함께 하게 된 작가님들께 다시 한번 더 감사의 인사를 전하고 싶다.

이애경 50여 명의 주부들이 모여 책을 쓴다고 했을 때 걱정과 설레는 마음이 교차했다. 주제에 따라 기억을 더듬어 글감을 정하고 글을 써 내려가니 어느덧 한편의 글이 완성되었다. 그렇게 서로를 격려하며 함께 완성된 우리들의 이야기가 모이니 감동이 밀려왔다. 모두가 한마음이 되어 주부가 아닌 작가로의 길을 내딛는 우리의 앞날을 열렬히 응원한다.

이영양 친한 언니에게 소개받고 글을 쓰게 되었다. 주부의 경력을 글쓰기 재능으로 바꾸겠다는 취지를 가진 모임이라 마음에 들었어요. 처음엔 참여 인원이 많아서 내 글이 빛날 수 있을까를 생각했지만, 지금은 멋진 분들 사이에 껴서라도 함께 가니 참 좋다는 생각을 하게 되었다. 글 쓰는 순간이 정말 행복하다.

이은미 모이기도 힘든 여러 명의 다양한 주부들의 이야기가 기대되었다. 한 장으로 쓰기에는 턱없이 부족하겠지만 한 장안에 나의 이야기를 담으려 노력하고, 그것을 결과물로 만들며 서로를 응원하는 모습에 뭉클해지기도 했다. 정말 좋았던 건 나의 첫 기억을 떠올리며 내가 하고 있는 일의 시작을 다시 떠올리고 나의 진심을 기억하게 되었다. 그것을 계기로 내가 하고 있는 일을 더 사랑하겠다고 다짐하게 되었다.

이채영 블로그 글 쓰듯이 편하게 적어낸 내 이야기가 이토록 쉽게 책으로 출간된다는 것이 아직 실감 나지 않는다. 책을 내고 싶다는 막연한 욕심에 덜컥 저지른 공저 작업이었지만 내 인생의 첫 기억이라는 주제를 가지고 글을 쓰다 보니 나의 무의식을 들여다볼 수 있는 좋은 시간이 되었다. 앞으로 나를 돌아보면서 글을 써가는 노력을 꾸준히 유지하고 싶다.

장유화 '일단 한 번 해봐!' 도전을 망설이던 지인들에게 매번 건네던 말을 이번엔 나 자신에게 던졌다. 소중한 추억을 꺼내서 보듬고 어루만지며 글로 옮기는 동안 내내 행복했다. 글쓰기가 갱년기 치료제인가 싶게 요즘 들어 생기 넘치는 내 모습이 낯설지만 반갑고, 감사하다. 부디 글쓰기가 한 번의 특별한 경험이 아닌 일상이 되길 기대해본다. 좋은 기회를 주시는 것에 그치지 않고 곁에서 응원 및 지원해주신 모든 작가님께도 감사의 말을 전하고 싶다.

장정이 세상에서 가장 소중한 사람을 떠올려 본 적이 있는가? 상상만 해도 감사함

이 느껴진다. 좋은 부부가 되기를 갈망하면서도 그동안 표현이 서툴렀다. 공존하는 부부의 삶 속에서 '갈등'과 '평온'의 시소 타기는 균형을 잡기 위한 성장의 과정이었음을 깨닫게 되었다. 『내 인생의 첫 기억』 공저 작업은 사람들과 함께 하는 배움과 성장에 실질적인 도움을 주고 있다.

전애진 내가 작가에 도전하다니 믿어지지 않는다. '내 인생의 첫 기억' 가슴이 콩닥콩닥 설레는 주제였다. 이 책이 나의 두 번째, 세 번째 책으로 이어지기를 바란다. 혼자라면 시작하지 못했을 일을 응답하라, 3040 주부팀과 함께하니 가능했다. 좋은 기회를 주신 응답하라, 3040 공저 주부팀 모든 분께 감사의 마음을 전한다.

전주연 오랜만에 내 이야기를 털어놓으면서 내가 몰랐던 내 안의 작은 나와 마주했다. 쓸 이야기가 없을 것 같아 도전을 망설였는데 이렇게 쏟아내고 나니 마음이 좀 후련한 느낌이다. 그래서 글을 쓰나 보다. 두 번째 공저의 경험으로 또 한 번 글 쓰는 삶에 가까워진다. 다시 한번 함께의 힘을 믿는다.

정연홍 '내 인생의 첫 기억' 제목을 생각하니 그동안 잊고 있었던 지난 일들을 생각하는 시간이 되었다. 첫 기억 하면 엄마, 아빠와 글자와 숫자 맞추기를 하면서 알 땐 의기양양해서 웃고, 모를 땐 시무룩하게 있던 때가 생각난다. 아련한 기억만 남아 멀어져가는 희미한 모습이 기억 속에서 나만 간직하고 있는 옛이

야기가 되었다. 그때는 몰랐는데 지금 생각해 보니 모든 것이 아름다운 추억이 되어 그리움이 변하여 눈물이 났다. 나는 이 글을 쓰면서 다시 한번 엄마, 아빠를 생각하며 '나도 어릴 적이 있었구나.' 그렇게 울고 떼를 쓴 적도 있었구나 하면서 다시 오지 않을 그때를 생각하면서 추억 여행을 해보았다.

지혜인 글을 쓴다는 것은 내 머릿속에 자유롭게 널려 있는 이미지와 생각들이 정리가 되는 과정인 것 같다 시간이 지난 기억들은 사진을 보며 그때 그랬겠지 예상하지만 글로 남겨 두면 생생하게 그때의 나의 생각과 느낌을 지금처럼 느껴 볼 수 있다. 함께이기에 나도 책을 쓰는 도전을 해 볼 수 있고 기한이 있기에 더 몰두할 수 있는 시간이었던 것 같다. 든든하고 따뜻한 분들이 함께인 것 같아서 한 분 한 분 알고 싶고 글을 쓰며 좋은 에너지로 감사한 마음이 샘솟는다.

최순덕 첫 공저 『내 인생을 바꾼 사람들』에 참여하였던 기억이 너무 좋아서 '내 인생의 첫 기억'이란 주제의 공저에도 기꺼이 참여하게 되었다. 내 인생이라는 단어가 포근함을 준다. 함께 하는 사람들의 마음처럼 첫 기억들이 많지만, 정년을 앞둔 이 시기에 첫 직장생활의 기억을 소환하고 싶었다. 이제 직장과 이별할 날을 하루씩 지워가면서!

한보라 할까 말까 고민되었지만 하길 잘한 것 같고 책이 어떻게 인쇄되어 나올지 무척 궁금하다.

허채원 글을 쓰는 첫 경험, 두렵기도 했고, 잘 써야 한다는 중압감도 있었다. 하지만 '그냥 편안하게 쓰고 싶은 이야기를 글로 담아 보세요.'라는 공저 기획팀의 격려, 그리고 뭐든 잘했다고 칭찬해주시는 말씀을 믿고 글을 완성했다. 격려, 지지 그리고 칭찬 함께여서 가능했던 글쓰기. 고맙고, 감사했다.

홍주희 인생의 첫 기억이라는 주제로 글을 쓰면서 지금까지 살아 온 시간을 책장 넘기듯 넘겨볼 수 있었다. 직장인으로, 엄마로, 아내로, 딸로, 그리고 나 자신으로 지금까지 살면서 여러 가지 첫 기억을 정리하며 그것을 글로 옮겼다. 좋았던 기억이든 힘든 기억이든 그 모든 순간을 되돌아보면 나를 성장할 수 있게 했던 변화의 원동력이었다. 그 모든 순간이 당연한 것이 아닌 기적이고 감사할 수밖에 없는 시간이었음을 느낄 수 있었던 소중한 시간이었다.

홍현정 흔하지 않던 소중한 경험이 기억났다. 잊고 있었던 기억을 회상하며 글을 쓸 수 있는 시간이었다. 그 시절에는 미국 뉴욕에 있는 카네기홀만큼이나 크게 느껴졌던 경희대의 크라운관 홀에서 연주했던 무대 경험을 떠올랐다. 40년도 더 전에 일이지만 그때의 느낌이 살아나기 시작했고 잠시 흥분이 되었다. 소중한 기억창고에서 한 편의 추억을 꺼낼 수 있게 되어 감사드린다.

사랑언어 (전자책)

이루미 | 2,000원

세계적인 언어학자 비트겐슈타인은 '언어의 한계가 세계의 한계다.'라고 했다. 사랑도 그렇다. 사랑 언어를 아는 만큼 삶도 딱 그만큼의 사랑이 펼쳐진다. 온라인상으로만 책 쓰기를 함께 기획진행하며 2년 내에 200명 내의 출간을 도울 수 있었던 건 함께하는 분들과 사랑이 담긴 말공부를 한 덕분이었다. 사랑 말공부는 삶과 일에 있어 선택이 아닌 필수다.

엄마인 당신에게 코치가 필요한 순간

권세연 | 16,000원 (대만, 홍콩, 마카오 판권 수출)

'나는 지금 엄마이기 때문에, 지금 당장 뭔가를 하지 못하는 게 맞아. 생각해보면 억울해! 나도 처음부터 엄마로 태어난 건 아닌데! 하고 싶은 것도 많고 가고 싶은 곳도 많아. 그런데 내가 뭘 잘하는지, 뭘 하고 싶은지도 모르겠어! 지금부터 새로 시작할 수 있을까? 누군가 옆에서 좀 알려주면 좋겠어!'라는 생각이 든다면 지금 당장 이 책을 만나보자. 엄마가 아닌 '나'로 살고자 하는 용기를 북돋아 주고, 당장 행동하게 해줄 것이다.

나의 직업은 육아입니다

이고은 | 15,800원

육아도 직업이다! 육아하면서 나를 내려놓고 엄마로만 살고 있는 것이 대한민국 주부들의 현실이다. 집에서 육아하는 것이 직장생활을 하는 것보다 어렵고 힘든 일임에도 엄마들의 자존감은 떨어지고 자신도 잃어간다. 그런 엄마들에게 육아가 직업이라고 당당히 외치며 자존감을 회복하고 자신의 꿈을 찾는 과정이 담아있다. 이 책을 읽고 육아로 지친 마음을 위로하고 나 자신을 찾기를 바란다.

감사하고 사랑하니 행복해졌다 (전자책)

장유진 | 3,000원

행복하기를 원한다면 작은 것에 집중해보는 건 어떨까? 우리의 일상에는 소소하지만 확실한 행복이 셀 수 없을 만큼 많다. 부디 많은 사람이 평범한 일상이 얼마나 큰 축복인지를 깨닫기를 바란다. 지난 일은 돌이켜 후회하지 말고, 지금 가진 것에 감사하자. 주위 사람들을 애써 사랑하자. 그러면 어느 순간 행복이 찾아와 인사해 줄 것이다. 나와 우리 가족의 평범한 이야기를 통해 특별한 행복을 만날 수 있기를 바란다.

엄마도, 꿈이 있다 (전자책)

이한나 | 3,000원

꿈도 많고 하고 싶은 일도 많던 소녀가 20대 중반에 뭣 모르고 일찍 결혼해 이상과 다른 현실 결혼과 육아를 겪으며 꿈을 잊고 있었다. 어느 날 큰아이가 "엄마는 커서 뭐가 될 거야?" 라는 질문에 나도 꿈이 있었음을 알게 되었지만, 현실에 익숙해진 나머지 나를 잊고 전업주부로 무기력하게 살게 된다. 그러다 꿈을 끄집어내서 버킷리스트에 막연히 적은 '작가'라는 꿈을 1년 만에 이루게 된 이야기로 가족의 조연이 아닌 삶의 주인공으로 살고 싶은 엄마들에게 추천한다.

이혼 위기를 극복한 사람들의 이야기(전자책)

김희정 | 8,100원

법원에 협의이혼 신청서를 제출하고 숙려기간 동안 상담을 받은 후 협의이혼을 철회한 부부들의 이야기가 생생하게 기록되어 있는 책이다. 현대를 살아가는 부부들이 많이 공감할 것이며, 자신의 부부관계가 위태롭다 여겨지는 일반인들과 커플, 부부 상담을 하는 상담사들에게 많이 읽히기를 바라는 책이다.

당신은 꽤 괜찮은 엄마입니다

백진경 | 15,800원

대한민국의 지극히 평범한 한 명의 전업맘으로써, 엄마들은
너무도 쉽게 자신의 마음을 외면하고 아이를 먼저 챙긴다는
사실을 알고 있다.
인생의 굴곡을 겪으면서 '엄마의 마음'이라는 것이 육아에서
얼마나 중요한지 절실히 깨달았고, 자신의 마음을 외면하지
말고 받아들이며 나 자신을 돌보길, 그리고 자신이 진정으로 원하는 꿈을 펼쳐나가길 바라는
내용이다. 엄마에게도 꿈이 있고 그 꿈을 실천하기 위해 노력하는 것이 곧 나에 대한 사랑이며,
그 사랑을 내 아이에게 온전히 전달해 줄 수 있다는 사실을 모두가 알았으면 좋겠다.

나를 만든다! (전자책)

양선 | 3,000원

작은 도자기 만들면서 내 속의 아픈 아이를 찾아서 다듬어 흙
속 공기와 내 속에 찌꺼기를 함께 태워버리면서 나를 다듬는
책이다. 도자기 재료가 흙이다. 흙을 이용해서 많은 사람 놀이
를 이용해서 뇌를 안정된 재활을 했으면 한다. 부록은 뇌 훈련 집중력 주의력 휴식 뇌 훈련을
같이 첨부하였다.

나 애용 설명서
─ 부디 나를 알아주세요 (전자책)
오제현 | 5,000원

십 대 때는 친구에 의해 좌지우지되는 삶을, 이십 대 때는 사랑에 대한 깊은 고민을, 삼십 대 때는 육아와 결혼생활 위주로 삶을 살아내었다. 알 수 없었던 나를 사십여 년간 지켜보며 누구보다 나를 제일 잘 아는 사람이 되었다. 나를 알고 싶다면 이 글을 읽고 용기를 내어 당신의 사용설명서를 써보길 바란다.

에너지 브뤼밍 할미 (전자책)
유유정 | 5,000원

강사 생활을 하면서 어르신들과의 생활이 시작된다. 어르신들의 신체도 얼마든지 운동과 노력으로 좋아질 수 있다는 것을 경험하면서 치매 예방 교육도 하고 웃음코치로 긍정의 마인드로 뇌 운동을 할 수 있다는 글이 실려 있다. 1년을 가까이 시니어 레크로 웃음코칭을 해드리는데 팔이 움직여지고 올라가는 팔을 경험했다. 이 책의 내용에는 시니어와 어르신들의 건강 내용이 실려 있다. 운동으로 뇌건강도 지키며 웃음으로 정신도 맑게 유지하는 글이 실려 있다.

지금은 나를 조금 더 사랑할 때

이가희 12,800원

스스로 삶의 원리에 부합된 명제 속에서 영글게 살아왔는지 반성하는 독백을 통하여 이 시대의 우울을 고스란히 반영하여 쓴 글이다. 이 책은 시와 그림, 에세이를 융합하여 문학의 새로운 장르를 개척한 작품이라고 할 수 있다. 이가희 문학박사는 문장력의 부족함과 배고픔을 화폭에 담긴 그림을 통하여 자연을 고스란히 담아내거나 형상화 시킨 이 그림들이 때 묻고 서툰 문장들을 완벽하게 보완해 주고 있다. 순수함, 깨끗함, 계산하지 않는 어린아이의 마음과 같은 자연의 풍경과 색채가 글이 표현하지 못한 여유와 쉼터를 제공해 주고 있다. 글에서 힐링을 느끼지 못했다면 이 화폭의 순수형상 그림이 보는 이의 몸을 휘감을 것이다.

나를 알고 너를 담는다

장정이 14,000원

에니어그램을 처음 접하는 분들에게 이론적 관점뿐만 아니라 14명의 고유한 삶의 이야기를 통해서 유형을 고찰할 수 있게 되는 책이다. 본질에 가까워지기 위한 노력이 담긴 성장 스토리를 통해서 당신의 삶의 이야기를 그려보고 느껴보고 체험하기를 바란다. 이 책을 통해 당신을 의식하기 시작하면, 늘 같은 방식으로의 선택이 아닌 에니어그램의 지혜 속에서 더 나은 선택과 당신이 원하는 방향의 삶을 살아가게 될 것이다.

행복한 엄마가 되는 감정 공부법

홍주희 | 15,000원

어디로 튈지 모르는 불안한 사춘기 아이와 어떻게 소통해야 할지 모르는 엄마에게 경험담을 토대로 감정공부의 중요성과 긍정적인 삶의 변화를 이끌 수 있는 실천형 감정코칭법을 진솔하게 소개한다. 나아가 아이의 감정도 중요하지만, 엄마의 감정도 중요하다는 메시지를 통해 행복한 엄마가 되는 방법을 제시한다. 이 책이 아이를 키우며 한 번쯤 울어본 엄마에게 행복의 씨앗이 되어, 걱정과 근심이 믿음이 되고, 두려움이 평안함이 되는 변화의 시간이 되기를 진심으로 바란다.

어머니의 뜨락

홍현정 | 15,900원

엄마에게는 우리가 영원히 어린이라며 여동생이랑 며느리 둘 그리고 나에게 화장품을 사서 직접 전해주었다. 엄마의 지극하고 따스한 사랑을 기억한다. 엄마가 떠나신 벚꽃 계절에는 더욱 그립다. 봄 햇살 같은 엄마의 사랑. 엄마 고맙습니다. 내 엄마로 살아주셔서 행복했어요. 돌아가시기 전 어버이날 같이 식사하고 엄마 집 앞에 차를 세우고 내려드렸다. 헤어질 때 "엄마, 사랑해요."하며 꼬옥 안아드렸다. 절절하게 다가오는 엄마를 기억하며 담은 사모곡이다.

지금 읽는 책 한 권이
5년 후 당신의 삶을 바꾼다 (전자책)
백지원 | 5,000원

지금 읽는 책 한 권이 5년 후 당신의 삶을 바꾼다. 오랫동안 일기 한 번 안 쓰고 책 한 권 읽지 않던 삶이 책을 읽으면서 매일 루틴을 실천하면서 큰 변화가 오기 시작했다. 글을 쓰고 싶어지기 시작했다. 1년을 하루같이 어떤 루틴을 실천하며 책 쓰기까지 도전할 수 있었을까? 이 책 속에 답이 있다.

퇴직 준비생의 소망 (전자책)
최순덕 | 3,000원

1980년부터 2022년까지 정말 바쁘게 살아왔다. 이제 2022년 11월 은퇴를 앞두고 있다.
첫 직장생활에서부터 워킹맘을 탈출하고, 퇴직을 준비하는 과정을 정리하는 글이다. 퇴직 준비생으로서 작은 소망을 가지고 있다. 지난 시간들에 대해 후회함이 없는 것은 아니지만, 앞으로 삶을 이전보다 더 잘 살아내야 한다는 소망과 각오로 이 글을 쓴다.